노스체
Nosce

노스체
Nosce

황정은 희곡
김유 그림

〈노스체〉는 한국문화예술위원회 공연예술창작산실
'2022 올해의 신작'으로 선정되어 2023년 2월 3일부터 2월 12일까지
대학로예술극장 소극장에서 공연된다.
초연 창작진 및 출연배우는 다음과 같다.

작	황정은
연출	윤성호
조연출	안윤조
무대감독	이효진
무대디자인	박상봉
분장 및 소품디자인	장경숙
조명디자인	노명준
사운드디자인	유옥선
의상디자인	김미나
자막디자인	이효진
그래픽디자인	정김소리
홍보물사진	강희주
조명오퍼레이터	이혜지
음향오퍼레이터	오재성
자막오퍼레이터	임민정
진행	안희성
프로듀서	김민솔
주최	한국문화예술위원회
주관	프로젝트집단 세사람

캐스트

노스체	최희진
옥	김은희
연	박윤정
필	선명균
현	윤정로
희	김민주

차례

등장인물

노스체	수년 전 제조된 재난로봇, 여자의 외형
연(여) 40대	외부에서 돌아온 구역인
현(남) 20대	구역인
희(여) 20대	구역인
필(남) 40대	외부인
옥(여) 70대	구역인

때

원전이 폭발한 지 수십 년 후

장소

원전 폭발지로부터 수십 킬로미터 떨어진 곳.

낡고 오래된 시골 마을의 흔적이 보이지만 전체적으로 평화롭
고 안정감이 느껴진다.

현과 옥의 집은 바로 옆에 붙어 있고 함께 쓰는 마당이 있다.

낮은 담이 둘러쳐 있으며, 그 앞에는 작은 간이 의자 몇 개가
놓여 있다.

인트로

때와 공간이 특정되지 않은 어느 날의 어느 곳.

이곳의 한 마을에 원자력발전소 폭발 사고가 일어났다.

사람과 동물, 숲과 물을 모두 집어삼킨 사고.

마을에는 소개령이 내려졌고, 어느새 이 마을은 사람이 살지 않는 곳이 되었다.

그렇게 수십 년이 지났다.

〈노스체〉는 사고 발생일로부터 수십 년이 지난 어느 날로부터 시작한다.

공식적으로 이 마을은 누구도 살지 않는 곳이지만, 언젠가부터 자신의 집을 찾아 다시 마을로 돌아온 이들이 있었다.

그렇게 비공식적으로 작은 군락을 이루며 사는 사람들은 자연스럽게 외부와 멀어진 채 자신들의 삶을 이어가고 있다.

한편, 원전 폭발이 발생한 후, 국가와 기업은 재난 상황에 사용하기 위해 재난로봇들을 대거 만들기 시작했다.

사람을 대신해 험지에 들어가 사고 상황을 수습하고 위험에 처한 사람을 구조하기 위해 만들어진 존재들.

수많은 시행착오를 거치며 다양한 버전의 재난로봇이 개발되었고, 지금은 재난로봇 '노스체Nosce' +가 곳곳의 험지를 찾아가고 있다.

이들 재난로봇들은 지진과 해일, 가스 유출 및 폭발 사고, 건물 붕괴 현장 등에 투입되면서 성능이 빠르게 저하되기 시작하고 결국 폐기되고 만다.

그러나 자본시장의 시스템은 폐기를 앞둔 재난로봇을 마지막까지 사용한다.

그렇게, 폐기될 정도로 기능이 다했지만, 마지막 임무를 수행하기 위해 '노스체'가 이 마을에 들어온다.

땅을 조사하기 위해 들어왔다는 노스체는 마을 곳곳을 돌아다니며 땅 성분 등을 조사하고, 이곳에 사는 사람들의 크고 작은 일들을 도와주기 시작한다.

+ 'Nosce'란 라틴어로 '알다'라는 뜻이다.

희망은 본래 있다고도 할 수 없고 없다고도 할 수 없다.

그것은 땅 위의 길과 같다.

사람이 걸어가면 길이 생겨난다.

—루쉰

★

늦여름과 초가을 사이의 어느 날.

담이 무너져 있다. 옥, 나온다. 무너진 담을 본다.

잠시 후, 희가 이어폰을 꽂은 채 흙이 담긴 작은 손수레를
끌고 들어온다.

옥   거기 봐. 거기부터 올리게.

희, 이어폰 때문에 옥의 말을 듣지 못한다. 옥이 말한 곳을
지나친다.

옥   거기, 거기.

희, 엉뚱한 곳에 손수레를 놓는다.

옥   거기라니까!

희, 듣지 못한다.

옥, 주위를 두리번거리다 긴 막대기 하나를 집어 들고 탁탁
내리친다.

희   (이어폰을 빼며) 어?

옥   저기- 놓으라고. 저기부터 올리게!

희   아, 어-

옥   너 그거, 맨날 그렇게 귀에 끼고 다닐래? 귀 고
          장 난다.

희   (다시 이어폰을 꽂는다)

옥   저게 그냥.

그때 손수레를 밀며 현이 들어온다.

옥   거기 봐. 거기부터 올리게.

현, 옥이 말한 곳을 지나친다.

옥   거기, 거기.

현, 엉뚱한 곳에 손수레를 놓는다.

옥   거기라니까!

현, 듣지 못한다.

옥, 아까 사용한 긴 막대기로 다시 한번 바닥을 탁탁 내리

친다.

현   어?

옥   저기- 놓으라고! 둘이 짰어? (귀를 가리키며)

빼었어? (희에게) 안 빼? 이것들이-

현, 주섬주섬 주머니에서 청각 보조기를 꺼내 귀에 끼운다.

희, 주섬주섬 이어폰을 빼서 주머니에 넣는다.

옥   (현에게) 너, 그거 맨날 그렇게 안 끼면 귀 영

영 고장 난다-

현, 담을 올리기 위한 밑 작업을 한다.

옥   끼기 싫어도 부지런히 귀에 넣고 다녀. 그게 있

어야 듣지. 그게 있으니까 그나마 너랑 나랑 이

렇게 말이 통하는 거야. 그거 맞춘다고 얼마나

고생했는데, 너는 무슨 귀에 붙은 딱정이처럼

취급을 해? 응? 너 그거 맞추려면 저-기/

희   이렇게 하면 돼? 거의 된 것 같은데.

옥   확실해?

희   응, 뭐-

옥   어디 보자-

옥, 몸을 이끌고 와서 살펴본다. 손으로 담을 살짝 밀어본다.
우르르 무너지는 담.

옥   (희를 보다가) 이게 아무것도 아닌 것 같아도 다
         필요한 거야. 담이 있으니 멧돼지가 담을 박았지.
         담이 없었으면 집을 박았을걸. 그러면 너네는 담
         이 아니라 내 무덤을 올려야 됐어. 빨리 다시 해.

현과 희, 다시 담을 올린다.

현   솔직히 말해.

희   뭘?

현   아침에 어디 갔다 왔어?

사이.

희   할머니, 그거 알아?

옥   뭘-?

희   저 안쪽, 관광지 됐다-

옥   (어이없다는 듯 웃는다)

희	진짜야.
옥	(코웃음 치며) 왜, 또 그 라디온지 뭔지, 거기서 그래? 한 놈은 못 들어서 탈, 한 놈은 너무 들어서 탈. 어울린다, 어울려. 아니, 멀쩡한 사람들이 여길 왜 와. 그것도 관광으로.
희	그러니까 라디오에 나오겠지.
옥	허튼소리 그만하고 어서 담이나 올려. 곧 해 떨어지겠다.

사이.

현	거기 갔다 온 거야?
희	너도 궁금하지.
현	아니?
희	아닌 게 아닌 것 같은데. 이제 괜찮은 거 아닐까? 그러니까 사람들이 오는 거겠지. 너도 같이 가볼래?
현	됐어. 계절 바뀌어서 밭에 할 일 많아.
희	난 한 번 더 가볼 건데.
현	거기 갈 시간에 나와서 일 좀 해. 오늘도 계속 찾았잖아.
희	난 이제 몰랐던 걸 알고 싶어. 모르는 사람, 모르는 마을, 모르는 세상.

현	니가 진짜 모르는 게 뭔지 알아?
희	?
현	지금 니가 해야 할 일. 너, 일 안 한다 어쩐다 그러지 말고/
희	다했다-
옥	벌써?
희	완벽해. 이번엔 진짜야.
옥	어디 보자.
희	좀 기다려야지. 지금 만지면 또 무너져요-
옥	잘 올렸으면 바로 만져도 안 무너져-
희	(막아서며) 아니라니까 그러네,

희가 옥을 막고 있을 때, 희의 몸이 스치자 담이 무너진다.

옥	잘 올렸다며.
희	좀 기다리라니까-
옥	아무래도 오늘은 글렀네. 뭐든 집에 쳐들어오겠다. 오늘 나 초상 치르면 다 너 때문이야. 이게 아무것도 아닌 것 같지? 다 필요한 거야. 담이 있으니 멧돼지가 담을 박았지. 응? 담이 없었으면 집을….

그때 멀리서, 한 여자가 반갑다는 듯 손을 흔들며 나타난다.

옥	저거 뭐야?
희	누구지?
노스체	안녕하세요!

뛰어오는 노스체.

어느새 마을에 도착했다.

노스체	안녕하세요. 여기가 D-452번지 맞죠?
희	누구세요?
노스체	노스체입니다! (웃으며 세 사람을 쭉 본다) 희. 현. 옥. 맞죠?
옥	누구, 세요?
노스체	제가 잘 찾아왔네요. 흠흠!

'재난이 발생했다고요? 재난이 있는 곳에 노스체가 갑니다!

사람이 다쳤다고요? 사람이 있는 곳에 노스체가 갑니다!

여러분의 아픔, 노스체가 압니다.

여러분의 고통, 노스체가 압니다.'

반갑습니다! 처음 뵙겠습니다!

손을 내미는 노스체.

희, 선뜻 악수하지 못한다.

현, 얼떨결에 악수한다. (노스체의 손이 무척 차갑다)

옥, 악수하지 않는다.

노스체 (손을 한 번 더 내밀며) 반갑습니다, 옥.

옥 누구세요?

노스체 저예요.

옥 ?

노스체 얘기 못 들으셨어요?

옥 ….

노스체 우선 인사부터 해요. 반갑습니다, 옥.

옥 (악수를 하지 않는다)

노스체 사람을 만나면 꼭 먼저 인사를 해야 합니다.

반갑습니다, 옥.

옥 …누군, 데요?

노스체 (옥을 포옹하며) 노스체입니다.

옥 (얼떨결에 포옹당하며) 노, 뭐?

노스체 노스체요.

옥 (포옹을 풀며) 노스… (희에게) 뭐래?

노스체 오늘부터 당분간 이곳에 있을 거예요. 여러분
이 안전하게 지낼 수 있도록 마을 상태를 점검
하고 측정할 예정입니다.

옥	아니, 여기 점검을 왜….
노스체	제한이 풀린 후 한 번도 점검이 없었거든요.
희	아니, 우리는 그쪽이 누군지 모른다고요.
노스체	아… 저 모르시나요?
희	네.
노스체	보통은 다 아시는데.
옥	아가씨를?
노스체	아가씨…?
희	그러니까 그쪽, 누구시냐고요.
노스체	저희 모르는 분은 처음 뵙네요. 어쩔 수 없죠.
	설명을 드리겠습니다.
	저희로 말씀드리자면, 흠흠, 노스쳅니다.
	인류의 번영과 안위를 위해 개발된 저희는
	지진, 해일, 태풍, 화산, 테러….
희	아!
노스체	아-?
희	나 들어본 적 있다! 그… 막 위험한 데 들어가
	서 폭발물 제거하고, 사람 구하고, 건물도 세우
	고, 그런 거 하는 사람 맞죠?
노스체	(웃으며) 네, 맞습니다. 그런데 사람은 아닙니다.
옥	아니, 멀쩡해 보이는 사람이 왜 자기더러 사람
	이 아니래-
희	(노스체를 신기한 듯 보며) 진짜 아닐걸?

현	어떻게 알아?
희	라디오에서 그랬어. 로봇이래, 재난로봇.

현, 노스체와 악수한 자신의 손을 본다.

노스체	밖에서는 저희를 꽤 좋아합니다. 비상시에 아주 유용하대요.
옥	아니, 사람이 유용하고 말고가 어딨어?
노스체	저희는 사람이 아니니까요. (가볍게 미소 지으며) 앞으로 차차 알아가면 되죠. 지금은 제가 생소하겠지만 여러분도 곧 저를 좋아하실 겁니다.

노스체, 주위를 돌아보며.

사고 이후에도 쭉 여기서 지내신 거죠? (뭔가를 감지한 듯) 불편한 점이 많았을 텐데, 오랫동안 지내셨네요. (희와 현을 보며) 여기는 젊은 사람도 있네요. 다른 마을은 늙은 사람만 있던데.

사이.

옥	솔직히 말해봐.
노스체	네?

옥	딱 보니 보상금 줄 테니 나가라, 뭐 그런 말 하려고 온 것 같은데. 맞죠?
노스체	네?
옥	됐어요. 우린 싫다고 분명히 말했어. 보상금 같은 거 다 필요 없고, 그냥 우리 집에서 조용히 살 거라고. 그러니까 응? 그래서 온 거면, 일찌감치 포기하고 그만 가봐요.
노스체	어….
옥	(희와 현에게) 들어가자. 그만 들어가.

옥, 현과 희를 데리고 들어간다.

그때.

노스체	보상금 주려고 온 거 아닙니다.
옥	?
노스체	보상금 주려고 온 거 아닙니다. 나가라고 하지도 않을 겁니다. 그저 땅을 좀 보러 온 것뿐입니다.
옥	아, 안 판다니까!
노스체	그게 아니라. 땅 성분, 지질 조건, 토양 상태 그리고 방사능 수치를 조사해서/
옥	어디서 그 말을 함부로 꺼내!

노스체, 놀란다. 눈만 껌뻑껌뻑.

옥   어디서 그 말을 함부로 꺼내….
          여긴 아무렇지도 않으니까, 어서 나가봐요. 가자.

옥, 현, 희, 뒤돌아 가려고 할 때.

노스체   25년째잖아요. 검사가 필요할 때입니다. 여러
          분한테 좋은 일이에요.
          분명 제가 도움이 많이 될 겁니다.

옥, 잠시 멈칫하다가 이내 다시 나가려고 한다.

노스체   (옥의 목을 가리키며) 옥, 갑상선 수술 받으셨죠?
옥   …?
노스체   재발하면 이번엔 아예 목소리가 나오지 않을
          수 있어요. 재검사, 한 번도 안 했잖아요.

옥, 자신의 목을 더듬어본다.
희, 그런 옥을 본다.

노스체   심하면 죽을 수도 있어요.
희   이봐요!

노스체	물론 가능성을 말씀드리는 겁니다. 하지만 알 았잖아요? 치료는 지금이라도 받으면 됩니다.
희	너, 누가 보낸 거야?
노스체	절 만든 사람들이요.
희	그게 누구냐고!
노스체	이곳을 잘 아는 사람들이요.
희	여긴 우리가 제일 잘 알아!

사이.

노스체	화나셨나요?
희	(기가 막혀) 뭐?
노스체	(희의 표정을 가만히 살펴본다) 화나셨군요. 화내지 마세요. 불편을 드리려는 게 아니에요. 오히려 불편한 점 있으면 저한테 얘기하세요. 뭐든 도움이 되도록 하겠습니다. (희의 목을 보고 만지려 한다) 희도, 목 수술/
희	(놀라서 밀치며) 뭐 하는 거야!

밀려난 노스체, 놀란다. 눈만 껌뻑껌뻑.

| 옥 | 우리… 아무것도 필요 없으니까 그만 가봐요. |
| 노스체 | 여러분한테 좋은 일이에요. 제가 뭐든 도움이 |

되도록 할게요.

옥   아니, 됐다고 하잖/

현   그, 그러면-!

모두 현을 본다.

현   그럼, 이, 담 좀 올려줘요.

희   야-

현   뭐든 얘기하라잖아…. 다 무너졌거든, 요…. 어
제 멧돼지가 헤집어놔서….

노스체   (활짝 웃으며) 그럴게요. (무너진 담을 보며)
여기 멧돼지가 많죠? 사람이 떠난 뒤에 야생
동물이 부쩍 늘었으니까요. (눈으로 발자국을
따라간다) 이쪽으로 와서 받고, 저쪽으로 갔
네요. 오늘 밤에 또 올지 모르니까, 꼭 담을 다
쌓으셔야 합니다. 제가 할게요.

노스체, 담을 쌓다가.

다음엔 뭘 하면 되죠?

노스체를 보는 세 사람.

2

★

며칠 후, 늦은 오후.

노을이 진다. 붉은 석양 아래 새들이 날아다니고, 맑은 새

소리가 공간을 가득 메운다.

하늘을 바라보는 노스체. 기록하듯, 자신이 본 것을 이야기

한다.

노스체   전송 테스트 하겠습니다.

산양, 노루, 너구리, 붉은 박쥐, 늑대개, 멧돼

지, 곰, 무화과나무….

통신이 잘 이뤄지지 않는다는 경보음 울린다.

'연결 오류, 연결 오류.'

노스체   산양, 노루, 너구리, 붉은 박쥐….

또다시 통신 오류를 알리는 경보음. '연결 오류, 연결 오류.'
그때, 희가 여기저기 둘러보며 뭔가를 찾는다.

희	할머니- 할머니- 도대체 어디 간 거야-
노스체	안녕하세요?
희	(대답하지 않고 주위를 두리번거린다)
노스체	뭐 찾으세요?
희	…(시큰둥하게) 할머니.
노스체	옥이요?
희	어.
노스체	옥이 왜요?
희	없어서.
노스체	어디 갔는데요? (하늘을 보며) 날이 지고 있는데. 어두워지면 위험해요.
희	산책 갔는데, 아직 안 오네. …오겠지 뭐.
노스체	집 안은 다 찾아봤나요? 제가 찾아올까요?
희	됐어. 올 거야.
노스체	몇 시쯤 나갔나요? 여긴 밤에 위험해요. 야생동물도 돌아다니잖아요.
희	괜찮아.
노스체	아침에 보니까 곰이 있던데. 자칫하면 공격합니다. 제가 찾아볼게요.
희	괜찮다고. 유난 떨지 마.

노스체   물리면 죽어요. 더 안쪽에는 늑대개도 있어요.
         옥은 늙었잖아요. 힘이 없어요.

희   (기가 막히다)

노스체   힘이 없으면 바로 죽을 수도 있습니다.

희   말 진짜 함부로 하네. 야, 죽긴 누가 죽어!

노스체   가능성을 말씀드린 겁니다.

희   죽었으면 좋겠어? 그래서 그렇게 말하는 거
         야?

노스체   아니요. 저는/

희   너, 솔직히 말해봐. 할머니 말대로 진짜 여기서
         뭐 하려고 온 거 아니야?

노스체   저는 노스체입니다. 여러분을 도와주러 왔습
         니다.

희   우린 너 부른 적 없어. 그냥 너 마음대로 온 거
         잖아!

그때 노스체 몸에서 신호가 울린다. '연결 성공, 연결 성공.'

노스체   연결 성공. 연결 성공.

희   뭐야?

노스체   전송 테스트 하겠습니다.
         산양, 노루, 너구리, 붉은 박쥐, 늑대, 멧돼지,
         무화과나무.

희   ?

노스체   야생동물이 방치돼 있고, 멧돼지가 평균 이틀
            에 한 번 밭을 헤집는다. 구역에 남아 있는 방
            사성 물질이 노스체 기능에 영향을 준다.

노스체 몸에서 소리가 난다. '연결 오류, 연결 오류.'

희   …야, 뭐라는 거야…?

노스체   연결 오류. 연결 오류.

희   야…!

노스체   옥을 찾아올게요. 걱정 말고 기다리세요.

노스체, 옥을 찾아 나선다. 희, 그 뒷모습을 본다.
가만히 서 있다가 다시 라디오를 들으려고 한다.
하지만 라디오가 작동하지 않는다.

희   …왜 계속 안 되는 거야.

희, 몇 번 더 작동을 시도하다가 잘되지 않자, 라디오를 휙
집어 던진다.
현, 들어온다. 희가 집어 던진 라디오를 줍는다.

현   할머니 찾았어?

희   (대답하지 않는다)

현   찾았냐고.

희   아니.

현   그런데 이러고 있어? 너네 할머니야.

희   할머니 늦는 게 하루 이틀이야?

현   걱정되니까 그렇지. 어두워지잖아.

희   그러니까, 안 하던 걱정을 한다고. 뭐가 걱정되
            는데? 멧돼지? 할머니, 걔네들 하나도 안 무서
            워해. 그리고 여기 눈감고도 찾아올 수 있어.

현   (한숨)

38

희	이상해. (노스체가 간 곳을 가리키며) 쟤가 너한테 뭐라고 해?
현	무슨 말이야?
희	요새 둘이 맨날 붙어다니던데. 너, 쟤 맘에 드나 보다? 밖이랑 관련된 건 그렇게 다 싫어하더니, 희한하네. 실은 니가 더 나가고 싶은 거 아니야?
현	(라디오를 들어 보이며) 이거 망가져서 화풀이하는 거야? 고쳐준다고.
희	그런 거 아니거든. 그리고 못 고치고 있잖아. (사이) 쟤 이상하지 않아?
현	또 뭐가.
희	몰라. 마음에 안 들어. (사이) 꼭 여길 다 아는 것처럼 말하잖아. 여기서 살아본 적도 없으면서.
현	그런 말 하는 니가 더 이상하다. 쟤야말로 니가 원하던 거 아니야? 모르는 사람, 모르는 마을, 모르는 세상.
희	예전엔 밖의 얘기만 꺼내도 뭐라 하더니. 너네 둘 진짜 안 어울려.

사이.

현	(라디오를 만지작거리다가) 있지. 나 오늘 아

침에- 죽을 뻔했어.

희   ?

현   쟤랑 뒷산 걷는데 다 달려들었어. 멧돼지, 고라
         니, 다-

희   그런 적 없었잖아.

현   이번엔 그랬어.

희   그래서?

현   죽었어, 노스체가.

희   (기가 막히다)

현   여기 위험하대. 숲에 있는 애들, 원래 같이 살
         면 안 되는 거래.
         할머니, 위험할 수도 있대.

그때, 멧돼지 떼 소리가 들린다. 그리고 한 남자의 비명 소
리. '으아악!'

희   뭐야.

현   뭐지?

계속해서 들리는 비명 소리. 집 뒤에서 우당탕 돌담 무너지
는 소리.

희   야, 가봐.

현   니가 가….

희   가보라니까…!

현, 집 뒤를 살펴보려고 자리를 옮긴다.

한 번 더 돌담 무너지는 소리. 뒤이어 한 남자의 앓는 소리.

필.v.   으… 아….

현   누구야?

희도 조심스럽게 소리가 나는 쪽을 쳐다본다.

현, 남자가 있는 곳으로 간다.

현.v.   누구야?!

희   누가 있어?

필.v.   (다친 부위 문지르며) 으… 아….

현.v.   누구야!

필.v.   좀 도와주세요. 이 돌 좀 치워주세요. 깔렸어

         요, 깔렸어.

현.v.   어- 이거, 피가….

희   야, 뭐야?

현, 낯선 남자를 부축하며 데리고 나온다.

남자의 한쪽 다리와 팔에서 피가 난다.

희   (놀라며) 피 봐. 괜찮아요?

필   으… 아오….

희, 황급히 마당 한구석에서 몰약을 가져온다.

희   다리 걷어봐요.

필   네?

희   걷어봐요.

필   뭐… 뭔데, 요?

희   약이에요.

필   약?

희   걷어보라니까요.

필   아니, 그게….

희   빨리요.

필   무, 무슨 약인데요?

희   (희, 답답한 듯 그냥 바르려고 하자)

필   괘, 괜찮습니다. 으….

희   다리, 이쪽으로 해봐요.

필   (단호하게) 아니요. 저 약 있어요. 괜찮습니다.

그때, 옥을 업고 뛰어오는 노스체.

노스체   찾았어요! 저희 왔어요!

현	할머니!
옥	(노스체에게) 그만 내리라니까. 내 발로 걸을 수 있어-
노스체	이제 내리셔도 됩니다. (옥을 등에서 내린다)
현	어떻게 된 거야?
노스체	역시, 물속에 넘어져 있었어요.
옥	(몸을 털며) 넘어지긴 누가 넘어져-
희	(손이 피범벅인 옥을 보고) 뭐 했어?
옥	아니, 새끼 멧돼지 녀석이 뭐에 걸렸는지 도랑에 빠져 있더라고. 그거 빼주고 있었는데 갑자기 이 여자가 큰 소리로 '옥! 옥!'거리면서 나타나는 거야. 그 소리에 개가 깜짝 놀라서 그 다리로 줄행랑을 쳤어. (노스체에게) 숲에서는 그렇게 소리 지르면 안 돼. 다 놀라잖아. 아니, 그건 그렇고, 무슨 자기가 슈퍼맨인 것처럼 뛰어오더니, 왜 정작 물속으로는 들어오지도 못해-? (놀리듯) 아- 물 무서워하는구나.
노스체	물이 무섭다?
옥	(희와 현에게) 큰소리는 치는데 정작 할 줄 아는 건 별로 없는 것 같아.
노스체	이곳의 물은 성분이 다릅니다. 노스체 기능에 영향을 줍니다. (옥의 몸을 구석구석 보며) 다친 데는 없죠, 할머니?

희   할머니?

옥   내가 가르쳤어. 자꾸, 옥- 옥- 거리길래, 어른
        한테 반말하는 거 아니야, 했더니 바로 알아먹
        대. (희와 현에게 작게 속삭이듯) 몸만 컸어, 완
        전 애야, 애. 하나부터 열까지 다 알려줘야 해.

노스체   앞으로 조심해요, 할머니.

옥   너나 조심해요. 으이그…. (이제야 필이 눈에
        들어온다) 응? 누구야?

희, 현, 모른다는 듯 고개를 저으며.

필   아, 안녕…하세요…. 저, 저는….

사람들, 필을 본다.

        저, 저는… 그러니까 저는, 어… 필이라고 합니
        다. 그게, 저… 뭐가 막 쫓아와서 도망치다가
        이렇게 됐어요. (다리를 잡고) 으….

옥, 필을 낯설게 본다.
그러다 다리의 상처를 보고는 조심스럽게.

옥   (희에게) 뭐 해. 약 좀 발라줘….

44

희	싫대.
옥	왜…?
희	(알 수 없다는 듯 어깨를 으쓱)
노스체	(어디선가 약을 가져오며) 다친 곳이 어디죠? 임시로 치료해드리겠습니다.
필	어? 너. (소독약을 들이붓는 노스체) 아아아!
노스체	참으세요.
필	아…! 너무, 너무, 아파…. 으…! 살살, 살살, 천천히, 아아!
노스체	참으셔야 합니다.
필	아아!
노스체	참으세요.
필	으으!
노스체	됐습니다. (이리저리 보더니, 붕대를 감는다)
필	(너무 아파 눈물이 난다) 아, 진짜….
옥	아이고.
희	아우, 아프겠다….

필, 눈물을 훔친다.
희, 그 모습이 재미있다. 호기심 어린 눈으로 필을 본다.

희	그러게, 내가 준 약은 이렇게 아프진 않았을 텐데.

필   ….

희   우는 거예요? (키득거리며 현에게) 야, 이 아
저씨 봐. 완전….

희, 현과 눈이 마주친다.
현의 표정이 심상치 않은 걸 보고 말을 더 이상 잇지 않는다.

현   여기 어떻게 온 거예요?

필   그게… 관광객이에요. 아, 그러니까… 투어로
저 안에 들어갔는데, 사진 찍는다고 한눈팔면
서 혼자 돌아다니다가…. 그런데 여기 어디예
요…? (사람들 눈을 의식하고) 저, 이상한 사
람 아니에요. 그냥 관광객이에요.

희   관광, 으로 왔어요?

필   …네?

희   저 안쪽에? 구경하러?

필   ….

희   진짜 관광객?

필   ….

희   여기 궁금해서 들어왔어요?

필   ….

희   (필의 사진기를 가리키며) 그건 뭐예요? (필의
사진기를 휙 가져간다)

필	어어— 내 카메라.
희	이게 카메라구나.
현	이제 그만 나가세요.
필	네?
현	더 어두워지기 전에 나가셔야 할 거예요. 그렇잖아, 할머니. 나가야 하잖아.
옥	그렇긴 한데… 저 다리로 어떻게 나가. 날도 어두운데.
현	그러니까 빨리 나가야지.
희	그러니까 좀 있어야 되지 않나. …아니, 어둡잖아. 위험하다며.
현	(희를 본다)
희	쟤는 되고 이 아저씨는 안 돼? 아저씨, 오늘 자고 가요. 그래도 돼요.
현	나가세요.
희	자고 가요.
현	빨리 나가요.
옥	뭐 하는 거야. 사람 놓고 줄다리기 하는 것도 아니고.
필	아… 저… 죄송합니다…. 제가 나가도록 할게요. 정말 실례가 많았습니다.

필, 일어서려고 하지만, 이내 다시 주저앉는다.

필	아…!

옥   그런 다리로 가긴 어딜 가. 오늘 하루 쉬었다
        가요. (현에게) 그래, 너네 집으로 가면 되겠
        다. 방 하나 비잖아.

현   뭐? 안 돼.

옥   왜 안 돼?

현   집에 할머니도 있고, 안 돼. 모르는 사람 오는
        거 싫어해.

옥   너희 할머니 누워만 있는 게 몇 년째인데.

현   안 된다니까. 모르는 사람이랑 무슨 잠을 자.

필   아니… 저….

옥   (단호하게) 다른 건 몰라도, 다친 건 그냥 안
        보내. 그게 사람이든, 짐승이든. (현에게) 뭐
        해?

현, 가지 않는다.

옥   안 가?

사이.

현   아이, 진짜…. 따라와요. (현, 앞장서서 들어
        간다)

옥　　　데려가야지!

현, 다시 돌아와 필을 부축한다.

필　　　(현의 부축을 받아 들어가며) 가, 감사합니
　　　　　다….
노스체　　잠시만요.
필　　　?

노스체, 필의 몸을 검사한다. 삐삐삐. 소리가 난다.
노스체, 필의 주머니에서 뭔가를 꺼낸다. 방사능 탐지기다.
당황하는 필.

현　　　뭐야?
노스체　　방사능 탐지기입니다.

옥, 필을 빤히 본다.

필   관광 들어올 때 이거, 필수라서….

필, 탐지기를 주머니에 넣는다.
현, 뭔가 내키지 않는 듯한 표정. 필을 부축해 집 안으로
들어간다.

옥   우리도 들어가자. 또 멧돼지 나올라. 이젠 아
            주 떼로 들어오네. (노스체에게) 같이 들어가
            지…?

노스체   전, 여기 있을게요.

옥   여기? 어디?

노스체   여기요.

옥   여기서 밤새 내내?

노스체   네.

옥   밤공기는 찬데.

노스체   전 괜찮아요.

옥   멧돼지 나올 수도 있고.

노스체   전 괜찮습니다.

옥   그래, 뭐… 추우면 들어와.

노스체   네.

옥   (들어가려다가) 배고파도 들어오고.

노스체   네.

옥   (들어가려다가) 멧돼지 나오면 혼자 이겨먹겠
        다고 용쓰지 말고 무조건 들어오고. 알았지?

노스체   네.

옥, 들어가려다가 자신의 웃옷을 벗어 노스체 어깨 위에 덮
어준다.

노스체, 옥의 행동을 낯설게 본다.

노스체, 담 앞에 놓인 작은 의자에 가만히 앉아 있다.

3

★

며칠 후, 담 앞 의자에 앉아 있는 노스체.
'찰칵' 소리에 고개를 돌려 필을 본다.

필   (멋쩍게 웃으며) 좋은 아침.

노스체   (가벼운 목례)

필, 노스체에게 카메라를 들이대며 찍으려고 한다.

노스체   (지그시 치우며) 너무 가까이에선 싫어요.

필   알았다, 알았어. 싫기는. 아주 사람 다 됐네.

노스체, 일어나 하늘과 땅을 본다.
통신 위치를 찾는 듯 이리저리 선 곳을 옮겨본다.

필   뭐 해. 체조하냐?

노스체 몸에서 계속 삐삐, 소리가 울린다.

필   뭐 하냐고.

노스체 몸에서 계속 삐삐, 소리가 울린다.

필   야, 너 구형이지. 너무 티나.

노스체   좀 조용히 해주실래요? (고개를 갸웃거리며)
           잡음이 섞여서, 또 통신이 안 됐어요.

필   참 나, 살다 살다 로봇한테 잡음이라는 소리나
           듣고.

노스체 몸에서 계속 삐삐, 소리가 난다.

노스체   여기, 연결이 잘 안 되네요.

필   (자신의 휴대폰을 들어 보이며) 하나도 안 터
           지더라고. 나도 이거 완전 먹통됐어.

노스체   여러 곳을 다녔지만 이렇게까지 통신이 끊긴
           적은 없었어요. 여긴 과거 같아요.

필   그래? 난 미래 같은데.

노스체, 필을 빤히 본다.

필	또 왜?
노스체	왜 들어오셨죠?
필	…말했잖아. 길 잃어서 들어왔다고.

노스체, 필을 빤히 본다.

필	(얼굴을 가리며) 나도 너무 가까이에선 싫거든.
노스체	일부러 들어오신 건가요?
필	….
노스체	호기심인가요?
필	뭐야….
노스체	정말 실수로 들어오신 건가요?
필	심문하냐?
노스체	질문인데요.

필, 일어나 노스체로부터 거리를 둔다.

노스체	회피하시네요.
필	이게 진짜.
노스체	언제 나가실 건가요?
필	야, 그만해. 그리고 여긴 제한 구역 아니야. 그건 저 중심이라고. 여긴 누구나 드나들 수 있어. 뭐 물론, 아무도 드나들지 않지만.

필, 숨을 크게 들이마셔본다.

그래서인가, 공기가 정말 좋아.

이 나라, 저 나라, 오지, 험지, 다 다녀봤지만
여기 이상해. 이상할 정도로 편해. 자연스럽고,
익숙하고. 항상 불면증이었는데 여기선 정말
푹 자.

야, 요 며칠 동안 내가 알아낸 게 있는데, 뭔지
알아?

노스체   뭔데요?

필   틀렸다는 거. 사람들이 틀렸어.

밖에서는 여기가 죽은 땅인 줄 알아. 그런데 아
니야. 다 살아 있잖아. 땅도, 공기도, 나무도,
동물도.

노스체   왜 그렇게 생각하시죠?

필   보이니까.

노스체   보이는 게 전부는 아니죠.

필   전부는 아니어도, 진짜일 때는 많아.

그때 부스럭 소리와 함께 고양이 소리가 난다.

필   어, 고양이다. 와, 이게 얼마 만이야. 길고양이
들 다 어디 갔나 했더니, 여기 있었네.

필, 고양이에게 다가간다. 그때 필의 방사능 탐지기에서 소리가 난다.
고양이가 가까이 올수록 탐지기 소리 더 커지다가, 다른 곳으로 도망가자 소리가 잦아든다.

노스체   보이는 게 전부가 아니라고 했죠? 유해 물질이 많습니다. 보이지 않아도 다 있어요.

필   그래도… 여긴 중심에서 꽤 멀잖아.

노스체   멀다는 것의 기준이 뭐죠? 멀고 가까운 건 중요한 게 아니에요. 있는지 없는지, 그게 핵심이죠.

불어오는 바람.
노스체, 하늘을 본다.

노스체   공기가 달라지고 있네요. 대기가 불안정해지면서 구름이 높아지고 있어요. 하루 종일 큰비가 올 거예요. 나가지 말고 여기에만 계세요. 여긴 비가 자주 옵니다. 이곳의 비는 성분이 달라요. 위험합니다.

필, 절뚝거리며 일어나 다른 곳으로 간다.
일어서서, 노스체의 뒷모습을 한 번 더 찍는다.
희, 나온다. 필 뒤에 서서.

희	(라디오를 들고) 뭘 그렇게 몰래몰래 찍어대요?
필	깜짝아, 몰래라니….
희	봐도 돼요?
필	아니. 넌 남자 친구 안 도와줘? 아침부터 나가서 일한다던데.
희	싫어요. 걱정되면 아저씨가 도와주든가요. 밭일 해봤어요? 진짜 힘들어요. 전 이제 힘든 일 싫어요.
필	일은 원래 힘들어. 그래도 일을 해야 먹고살지.
희	아저씨도 일하기 싫어서 이렇게 사진 찍고 다니잖아요.
필	나, 지금 일하고 있는 거야.
희	(라디오를 만지작거리며, 고개를 가로저으며) 하나도 안 힘들어 보이는데.
필	무슨 소리야? 나 힘들어. 여기저기 다니면서 사진 찍는 게 얼마나 힘든 건데.
희	여기저기 다닐 수 있는 건 좋은 거 아닌가. 우린 여기서 옴짝달싹도 못 하는데.
필	왜 못 나가? 나가면 되잖아.
희	…우리가 어떻게 나가요. 뭘 몰라도 한참 모르시네…. (살짝 기침)
필	목 아프니…?
희	네, 뭐… 전 목이 안 좋고, 현이는 귀가 안 좋고.

필	귀가 안 좋아?
희	현이 잘 못 듣잖아요.
필	…그래?
희	몰랐어요? 걔네 집에서 며칠 지냈잖아요.
필	…어쩐지.
희	?
필	내가 아무리 말을 걸어도 들은 척을 안 하더라고. 그래서 나는 내가 그렇게 싫은가 싶었는데, 근데 잘 못 들어서 그런 거구나….
희	(피식 웃으며) 그건 못 들은 척한 거예요. 걘 싫으면 그래요, 어릴 때부터. 그것 때문에 엄청 싸웠지.
	하여간 어른들은 이게 후유증 때문이라는데, 현이는 그 말 싫어해요. 그냥 재수 없게 이렇게 태어난 거라고. 어른들이 방사선 어쩌구 하는데, 본 적도 없는데 그걸 어떻게 아냐고. (겁주듯) 근데 아저씨, 우리랑 오래 있으면 옮을 수 있는데. 이거 막 옮겨 다니는 거래요. 눈에 보이지도 않고, 보이지 않으니까 어디 있는지도 모르고, 게다가 냄새도 안 나고.
필	그런 거 무서우면 오지도 않았지.
희	그런 거 무서워서 내가 준 약도 안 발랐으면서.
필	아니, 그건/

희	우리 다 알아요. 누굴 바보로 아나.
필	아니라니까.
희	됐고요. 아저씨, 이것 좀 봐주세요. (라디오를 보이며) 원래 이렇게 돌리면 되는데, 계속 안돼요.
필	쥐봐. (희의 라디오를 만지작거린다) 이거, 배터리가 없는 것 같은데?
희	아- 배터리.
필	(자신의 카메라에서 건전지를 꺼낸다) 우선 이거 써. 난 또 있어.

희, 라디오에 건전지를 넣고 틀어본다.
잡음 섞인 소리지만 음악이 나오기 시작한다.

희	나온다! 오-
필	(웃으며) 좋냐-?
희	아저씬 한번에 고치네요? 현이는 못 하던데.

현, 들어온다. 장난스럽게 웃는 두 사람을 본다.
농사 도구를 팽개치듯 던진다. 몸에 붙은 흙을 과도하게 턴다.

노스체	왔어요?
희	(현을 보며) 왔어?

현	(말없이 옷을 계속 턴다)
희	다 했어?
현	(말없이 옷을 계속 턴다)
희	야-
현	(말없이 옷을 계속 턴다)
희	또 시작이네.
필	(슬금슬금 노스체 옆으로 간다)
희	나는 쟤네 엄마가 왜 쟤만 두고 혼자 밖으로 나 갔는지 알겠어.
현	너 왜 안 왔어? 오늘 일하러 오라고 했잖아.
희	가기 싫다고 했잖아.

현, 희를 본다. 희, 현의 시선을 모른 척한다.
희, 귀에 이어폰을 꽂고 라디오를 튼다.
현, 희가 라디오 듣는 걸 보고 귀에서 청각 보조기를 빼서
던져버린다.

필	(노스체에게) 같이 좀 걸을까?
노스체	네?
필	(작게) 자리를 좀 피해줘야 할 것 같은데….
노스체	왜요?
필	(작게) 그게… 그래야 할 타이밍인데-
노스체	어디 가지 말고 오늘은 여기에만 계시라니까

요. (하늘을 한 번 보고) 곧 큰 비가 올 거예요.

필   그렇긴 한데… 그래도 지금은 그럴 때가 아닌
데….

모두가 어색한 그때, 후두둑, 비가 떨어진다.

필   어, 비 온다! 애들아 비 온다! 이거 맞으면 안
된대. 어서 들어가자 들어가. (현, 희와 함께
들어간다)

노스체, 떨어지는 비를 맞는다. 비는 순식간에 거세진다.
몸에서 경보음이 울린다.
노스체, 현의 청각 보조기를 주우러 가다가 고장 난 듯 그
대로 멈춰버린다.
더욱 거세지는 빗줄기. 더욱 커지는 경보음.
그대로 멈춰버린 노스체. 경보음도 멈춘다.
그때, 천둥소리 크게 울린다.

옥.v.   맞지? 너 맞지? 아이고, 이게 웬일이야! 응?
이게 무슨 일이야. 아이고, 오래 살고 볼 일
이네.

옥과 연, 함께 등장.

연, 비를 흠뻑 맞았다. 옥, 손에 우산을 들고 있다.

어떻게 왔어. 다 젖었네. 들어가자, 들어가.

옥, 연의 손을 잡아 집으로 끈다. 주저하는 연.

옥   싫어?

연   ….

옥   들어가자.

연   ….

사이.

옥   그래, 뭐. 여기 있자, 여기 있어! (처마 밑 의
        자에 연을 앉히며) 여긴 비 안 들어와. 다 젖었
        네. 얼굴이 그대로야, 스무 살 때랑 똑같아. 그
        래, 어떻게 찾아온 거야? 잘 찾아왔네. 들어오
        기 쉽지 않았을 텐데.

연   ….

옥   무슨 말이라도 좀 해봐. 나, 기억하지?

연   (고개를 끄덕인다)

옥   그래, 그래. (눈물을 훔치며) 얼굴이 삐쩍 말랐
        네. 어깨도 땅땅하고. 왜 이렇게 몸이 굳었어?

연	(웃으며 옥의 손을 잡으며) 여전하네.
옥	아이구, 놀랬어. 말을 하도 안 해서-
연	말 잘해.
옥	그렇네. 지금 보니 그래.
연	(웃는다)
옥	(연을 보며) 그대로다. 좋다, 좋아.
	꼭 우리 진이가 살아온 것처럼 좋아.
연	….
옥	이거 잔치라도 벌여야 되는 거 아닌가 몰라.
연	…몸 괜찮지?
옥	그럼, 그럼. 자, 이제 그만 안으로 들어가자-
연	나, 그냥… 잠깐 보고만 가려고 한 거야. 이렇게 들어오려고 한 거 아닌데….
옥	뭘 보고만 가? 옆집 보러 오는 사람마냥. 밖에서 들어오는 게 보통 일이 아니었을 텐데.
연	계속 그랬는데 뭘….
옥	으응?
연	….
옥	여기 계속 왔었어?
연	….
옥	이것아, 왔으면 말을 해야지, 왜 그냥 보고만 가. 손 좀 줘봐. (연의 팔을 주물러준다) 잘 왔어.
연	여전하네, 이 손.

옥 　그럼- 여전하지.

연 　여전히 손이 엄청 세-

옥 　니 엄마도 내가 맨날 주물러줬잖아. 내 손 아니면 절대 안 시원하다고 그렇게 사람을 불러댔어, 그때.

연 　(옅게 웃는다)

옥 　지금도 그래.

연 　…?

옥 　그런데 이젠 오라고 해서 가는 게 아니라, 안 가면 내가 허전해. 그래서/

연 　엄마가, 아직, 살아… 있어?

옥 　알고 온 거… 아니야?

연 　아니, 난, 그냥. 당연히….

옥 　살아 있어. 아직 살아 있어.

연 　….

옥 　아직 숨은 붙어 있어.

연 　…숨만 붙어 있는 거야…?

옥 　아무래도 너 기다린 것 같아, 노친네. 내장이 다- 녹아들어도 눈은 맨날 꿈뻑꿈뻑. 뭘 그렇게 기다리나- 했는데, 이제 보니 널 기다렸네. 이런 날이 올 줄 알았던 거야. 그러지 말고, 어서 들어가자. 얼마 안 남았어.

연 　(눈물을 참는 연)

옥	괜찮아. 왔잖아.
연	(낮게 운다)
옥	(연을 감싸 안아준다)

연, 옥의 품 안에서 더 흐느낀다. 어느새 비는 그쳤다.

노스체도 어느새 깨어나 연과 옥을 보고 있다.

희, 나온다. 연과 옥을 보고 걸음을 멈춘다.

그 뒤를 이어 필이 나온다. 연을 신기한 듯 바라본다.

희	(노스체에게, 작게) 또 뭐야?
노스체	그러게요.
희	누군데?
노스체	저도 모르겠습니다.
옥	어, 왔어? (눈물을 닦으며) 인사해.
희	누구야?
옥	손녀.
연	진이 딸?
옥	어- 말 더럽게 안 들어. (희에게) 니 엄마 친구야.
희	엄마 친구? 우리 엄마 알아요?
연	너가 진이 딸이구나. 진이 닮아서 예쁘네. (옥에게) 여기서 자란 거야?
옥	(고개를 끄덕인다)

희	진짜 엄마 친구예요? 친했어요?
필	어, 안녕하세요. 와, 여기서 뵙네요? 맞죠? 같은 팀. 저 안에서 관광할 때-
연	누구…? (당황해서) 아… 아, 네….
필	여기 어떻게 오셨어요?
연	아, 그게….
필	길 잃으셨구나.
옥	(두 사람을 유심히 보며) 둘이 알아?
필	안다기보다. 네. 뭐.
옥	세상 좁네.
연	그런데 여기 어떻게….
희	그럼 아줌마도 관광 온 거예요?
연	어?
옥	(희에게) 아니- 얘가 현이 할머니 딸이야.
희	현이네 할머니 딸?
연	내가 현이네 할머니 딸이야? 현이가 누군데?
희	어! 그럼 아줌마가-

4

★

그날 밤.

마을 먼 곳에서 들리는 음악 소리. 사람들의 웃음소리.

현이 마당에 앉아 있다. 어두운 마당 앞, 현의 심경이 복잡

해 보인다.

잠시 후, 희가 나온다. 외부에서 접할 수 있을 법한 과자,

초코 바 등을 들고 있다. 현의 옆에 앉는다.

희   여기 있었네.

현   (듣지 못한 채)

희   이것 좀 먹어볼래? 저 아저씨가 밖에서 갖고

          온 거래. 맛있던데.

현   (듣지 못한 채)

희   다들 너 찾아. 옆 마을에서도 다 왔어.

          너네 엄마, 여기서 유명했나 봐. 할머니들이 와

          서 다 울어. 그러다가 웃고. 그러다 울고. 그러

다 또 웃고.

너도 가서 얘기 좀 해봐. 너 항상 궁금해했잖아.

하긴, 나라도 별로일 거야. 갑자기 왜 온 거야,

싫잖아. 그러고 보면 우리 할머니도 진짜 이상

해. 뭐가 그렇게 좋은지, 누가 보면 우리 엄마

가 온 줄 알겠어. 완전 취했어.

…듣고 있는 거지?

알았다. 그만할게. 빨리 들어와. 너무 오래 있

지 말고.

희, 들어가려 한다. 그때, 마당으로 나오는 노스체와 마주

친다. 무시하고 들어간다.

노스체, 혼자 앉아 있는 현을 본다.

옥이 예전에 덮어준 겉옷을 현의 어깨에 걸쳐준다.

현　　　　(뒤돌아보며) 어, 고마워.

노스체, 주머니에서 청각 보조기를 꺼내 현에게 건넨다.

현　　　　어, 이거, 어디서 찾았어?

노스체, 어서 청각 보조기를 귀에 끼우라는 몸짓.

현	(귀에 끼우며) 없어진 줄 알고 찾을 생각도 안 했는데.
노스체	화나면 그렇게 다 집어 던져요?
현	….
노스체	다들 찾아요, 현이 주인공이라면서. 어서 오래요.
현	싫어.
노스체	(현의 얼굴을 빤히 보다가) 모르겠네요. 화난 건지, 기쁜 건지, 외로운 건지.
현	혼자 있을래.
노스체	알겠습니다. 그럼, 어두운 데 있지 말고, 자-

노스체, 마당 한쪽으로 가 스위치를 켠다.

형형색색의 불이 들어온다. 화려해진 마당.

노스체	짠- 서프라이즈- 선물입니다.
현	(놀라며) 어떻게 한 거야?
노스체	외로울 때 어두운 데 있으면 더 외로워요.
현	환하다. (사이) 내 이름이 환하다는 뜻이래. 엄마가 지어줬대.
노스체	제 이름은 '알다'라는 뜻입니다. 저도 엄마가 지어줬어요.
현	너도 엄마가 있어?

노스체 그럼요. 저를 만든 사람이 엄마 아닌가요.

현 글쎄, 만들면 다 엄만가…. 그래도 이름 잘 지었다. 너, 정말 다 알잖아. 필요한 거, 불편한 거, 해결할 거.

노스체 하나 더요. 필요할 것까지. (새 보조기를 건넨다) 짠, 서프라이즈-

현 이건 또 뭐야?

노스체 최신형입니다. 지금 쓰는 거 고장 나면 이걸로 바꾸세요. 필요할 거예요. 지금 것보다 훨씬 잘 들릴걸요. 멀리 있는 소리, 가까이 있는 소리, 여러 가지 소리, 다.

현, 청각 보조기를 받는다.

현 근데… 아직, 저 안에 있는 거지?

노스체 뭐가요?

현 그….

노스체 연?

현 (끄덕인다)

노스체 네. 지금 현의 할머니, 만나고 있어요. 연이 많이 울더라고요.

사이.

현	20년 만이래. …20년은 어떤 시간이야…?
	항상 궁금했어. 내가 누군지, 어디서, 누구한테서
	태어났는지.
	할머니한테 물어보면 항상 나를 저 계곡 밑에
	서 주워 왔다고 하는 거야.
	'이 마을이 너를 나한테 줬다. 저 숲이, 저 바다
	가 니 부모다.'
	그 말 들으면 어떤지 알아? 그냥 할 말이 없어.
	궁금한 건 많은데, 할 말이 없어.

사람들의 웃음소리가 서서히 조용해진다.
언젠가부터 밖에 나와 있던 연. 현과 노스체를 본다.

현	끝났나 보네.
연	들어가. 내가 나가서 잘게.
현	….
연	내가 다른 집에서 잘 테니까 넌 니 집에서 자라
	고. 제법 쌀쌀하다.
현	….
연	감기 걸려.
현	….
노스체	들어가요, 제법 쌀쌀해요.

현, 일어나 연 앞을 지나갈 때.

연   야.

현   (멈춘다)

연   (현을 본다)

현   (연을 보지 않는다)

연   잘 자라.

현   (가려 한다)

연   야.

현   (멈춘다)

연   아니야….

현   (진짜 가려 한다)

연   저기….

현   뭐요-

연   …집에 물 없니?

현   네?

연   ('이 말을 하려고 한 게 아닌데.' 스스로 타박
      하며) 아니, 내 말은… 아까 그 다친 사람, 약
      먹어야 된다고 해서….

현   (기가 막혀) 수돗물 먹어요.

연   그걸 어떻게 먹어. 정수기 없어?

현   그게 뭔데요.

연   됐다.

연, 담배를 꺼내 문다.

현, 집에 들어가려는데, 연 때문에 들어가지 못한다.

현   좀 비켜줄래요?

연   어? 어, 그래…. (한쪽으로 비껴선다)

현   (들어가려 한다)

연   너, 많이 컸다….

현   ….

연   …한 대, 피울래?

현   …?

연   …뭐, 내가 딱히 줄 건 없고…. 여기 이런 거 없
             잖아. 오늘 같은 날… 이거 나쁘지 않은데….

현, 한심하다는 듯 연을 보고 나간다.

연, 자신의 행동을 후회하는 듯, 담배만 뻐끔거린다.

노스체, 그런 연을 본다.

연   뭘 봐.

연의 담배 연기를 감지한 노스체. 유해 물질이 많다는 경보
음 울린다.

연   뭐야. 이것 때문에 그래? 독하다고? (한 번 더

담배를 피우며) 그래. 독하지, 독해-

노스체 몸에 안 좋아요.

연 몸은 이미 안 좋아.

그리고 이거 좋은 거야. 건강 좀 잃지만, 대신 근심도 잊게 하잖아.

하나 주고, 하나 받기.

보통 우리 같은 사람들은 받는 것보다 주는 게 더 많거든.

돈, 건강, 자존심, 인간다움, 뭐 이런 거.

그런데 이건 적어도 주고받는 게 있다고.

그때, 필이 다리를 살짝 절뚝거리며 양손에 술병 여러 개를 들고 나온다.

필 여기 있었네요. 와- 이거 뭐예요? 밝은데? (노스체에게) 너가 했냐? 노스체 덕에 호강하네.

연 이 정도 갖고 무슨 호강이에요.

여기 물 없대요. 그냥 수돗물 먹어야 된대요.

필 몰랐어요? 여기 물 맛 좋아요. 자, 이것 좀 마셔요. 저기서 술 몇 개 훔쳐 왔어요. (파티가 열리는 곳을 보며) 와, 여기 할머니들, 완전 다 강적이에요. 도저히 당할 수가 없던데. (편한 자세로 앉아 하늘을 보며) 후- 여기는 조용하고 좋다.

필, 불빛을 가만히 감상하다가.

필   이렇게 밝으면 지금이라도 나갈 수도 있겠다.

연   나가, 시게요?

필   연이 씨는요?

연   네?

필   나갈 때 나한테도 꼭 말해줘야 돼요. 갑자기 사라지지 말고.

연   ….

필   인사는, 잘하셨어요? 어머니랑.

연   …네.

필   (연의 표정을 살피다가) 다 살아 있죠? 공기도, 동물도. (사이) 사람도.

연   ….

필   여기 참 신기해요. 매일 새로운 게 보여요. 아까 봤어요? 할머니들, 울다 웃다, 울다 웃다. 그런 표정 많이 봤는데, 또 어디서도 본 적이 없어요. 연이 씨 만나니까 다들 좋아하던데. 인기 많았나 봐요.

연   (엷게 웃는다)

필   그래요. 그렇게 웃으니까 좋잖아요. 좀 웃어요.

아까 할머니들처럼.

연   사진 열심히 찍으시던데.

필   그런 표정을 놓칠 순 없죠. 남는 건 사진이거든
요. 솔직히 이 말 별로 안 좋아하는데, 또 틀린
말은 아니어서.

사이.

필, 생각에 잠긴 연을 보다가, 순간 카메라를 들고 연을 찍
는다.

연, 당황한다.

필   남는 건 사진이거든요.

연   저 사진 찍는 거 안 좋아해요.

필   아… 죄송해요. 그런데 어떡하지. 아까 몰래 한
장 더 찍었는데.

연   ?

필   어머니랑 얘기하실 때.

연   ….

필   보기 좋았거든요. 그런 걸 놓칠 순 없으니.

사이.

한번 보실래요? 잘 나왔는데.

연   아니요.

필   ….

어색한 사이.

필   …그런데, 여기서 사실 거예요?

       아니, 아까, 저기서 그런 얘기들 하길래.

       …여기서 계속 사는 건 좀 어렵지 않겠어요?

       쟤들처럼 여기서 나거나 자랐으면 모르지만,

       연이 씨랑 저는 밖에서 왔으니까.

연, 필을 본다.

       아니, 그러니까 제 말은….

       같이 나가면 어떨까 싶었거든요.

       혼자 가면, 심심하잖아요. 그… 멧돼지 나올 수

       도 있고.

연, 아무 말 하지 않는다.

사이.

필   (어색함을 깨려는 듯) 밖에서는 무슨 일 했어요?

연   그게 왜 궁금한데요.

필　　　네? 아니, 그냥….

연, 말없이 술만 마신다.

필, 자신이 실수를 했는지 생각한다. 실수를 만회하려는 듯,

필　　　…밖에서 여기 사고 소식 들었을 때 답답했겠
　　　　　네요. (연, 필을 본다) 올 수도 없고, 안 올 수
　　　　　도 없고.

연　　　…?

필　　　어머니, 오랫동안 못 보셨다면서요.
　　　　　아까, 저기서 들었어요. 타지 생활 오래하셨
　　　　　다고.

연　　　아줌마가 그래요? 사고 났을 때 제가 밖에 있
　　　　　었다고?

필　　　…네.

연　　　….

필　　　(술을 마시며) 그러고 보니 그때 정말, 계속 뉴
　　　　　스 1면이었는데.
　　　　　'폭발', '폭발', '이주', '소거'.
　　　　　그때 저희 동네에도 저 안쪽 그라운드 제로에
　　　　　서 왔다는 가족이 있었거든요. 그런데 일주일
　　　　　을 못 버텼어요. 사람들이 그 집 밖에서 계속
　　　　　시위하고, 소리 지르고… 버틸 재간이 없었죠.

저는 그 시위가 정말 싫었어요. 너무 비인간적
이잖아요.

그런데 그 시위대 제일 앞에 제 부모님이 서 있
는 거예요.

가뜩이나 그런 모습들 너무 싫은데, 그게 내 부
모라니.

그때, 처음으로 사진을 찍었어요.

시위하는 사람들. 그 사람들이 벽에 쓴 말들.

연, 술을 마신다.

사이.

연   왜요. 응징이라도 해주고 싶었어요?

필   ?

연   그 사람들 입장에선 그럴 수 있죠.

그 사람들은 그럴 수 있어요. 그게 사람이니까.

필   에이. 그래도, 그럴 순 없죠.

사이.

연   그쪽은 안 그럴 것 같아요?

필   (연을 본다)

연   본인을 특별하다고 생각하지 마요. 사람 다 똑같으니까.

설마, 뭐 여기서 이 사람들이랑 며칠 지냈다고,
스스로는 다르다고 생각하는 건 아니죠?

필   ….

연   솔직히, 이젠 다 지나갔다고 생각하니까 여기
온 거잖아요.

중심에서 적당히 떨어져 있고, 시간도 좀 흘렀
고, 이제 안전할 것 같아서. 아니에요?

필   아니….

연   내가 그 사고 났을 때 저 밖이 아니고 이 안에
있던 사람이라면, 온몸에 그 방사능 다 맞았던
사람이라면, 아까 한 말, 나한테 똑같이 할 수
있겠어요?

함께 나가자는 말.

필, 연을 본다.

연   거봐요. 당신도 똑같다니까.

사이.

그리고 혹시나 상처받을까 봐 하는 말인데,
저한테 관심 끄세요.

그쪽, 제 스타일 아니거든요.

필, 피식 웃는다.
연, 술을 마신다.

연   전 안 나가요. 여기 있을 거예요. 여기가 내 집
        이니까.

필   (장난 반, 진담 반) 그럼, 나도 여기 있을까?

노스체 나가셔야 합니다. 외부 사람이 이곳에 거주하
        는 건 안 돼요.

필   왜, 이제 여긴 제한 구역도 아닌데.

노스체 권장하지 않습니다. 연, 필, 모두 외부 사람입
        니다.

연   난 아니야. 여기 우리 집이거든.

노스체 연, 외부 사람입니다. 여긴 현의 집이고요.

연   그러니까, 내 집이라고.

노스체 아닙니다.

연   이게 진짜.

필   에이, 그만해요. 싸움은 친구끼리 하는 겁니다.
        사람끼리-

연   너, 여기 다 아는 척하지 마.

현, 다시 돌아온다.

깜빡 놓고 간 노스체가 준 보조기를 찾으러 왔다.

노스체　(보조기를 주며) 이거 찾으러 왔죠? 여기요.
　　　　　이따 갖다주려고 했는데.

현　　　(보조기를 받는다) 어. 고마워. 니가 준 건데,
　　　　　놓고 갈 뻔했네.

연　　　선물도 주고받는 사이야?

노스체　여기 앉아요. 지금 옛날 얘기 하는 중입니다.

연　　　(어이가 없는 듯한 표정)

현, 머뭇거릴 때, 희, 들어온다.

희　　　(불빛을 보고) 이게 다 뭐예요?

필　　　(희에게) 끝났어? 할머니는?

희　　　오고 있어요. 할머니가 오늘 아줌마 어디서 잘
　　　　　거냐고.

연　　　너네 집으로 갈 거야.

희　　　그럼 빨리 오래요.

연　　　그래. 간다, 가.

옥　　　(들어오며) 아니야, 아니야! 거기 더 있어. 더
　　　　　놀다 와. (희에게) 너나 들어와. (현에게) 너도
　　　　　어서 들어가!

옥, 들어간다.

연, 일어나려다가 술 기운에 살짝 어지러운 듯, 휘청.

연　　어어.

희　　어어.

희가 연을 붙든다.

희　　아, 술 냄새.

연　　어, 미안.

희　　몸 좀 똑바로 해요.

연　　나 지금 똑바로 했는데.

희　　(현에게) 야, 뭐 해. 무거워.

현, 외면한다.

연　　(약간 취한 듯) 저 눈빛, 누굴 닮았나 몰라. 아

　　　　니다. 날 닮았지. 날 닮았어.

희　　(연을 자리에 앉히며) 아우, 무거워.

연　　야, 근데 너 진이랑 말투 똑같다.

희　　엄마요?

연　　어. 걔 성격, 완전 별로였는데.

희　　(연을 본다)

연	아, 미안. 그런데 사실이야.
희	…우리 아빠도 알아요?
연	뭐, 너네 엄마 성격 별론거? 니네 아빠도 당연 히 알았겠지.
희	아뇨. 우리 아빠 누군지 아냐고요.
연	알지. 내 첫사랑이었는데. 그런데 너네 엄마랑 눈 맞아서 둘이 결혼했지.
희	우리 아빠 잘생겼어요?
연	아니. (피식) 뭐 그래도, 멋있었어. 다른 사람 을 위해 사는 사람이었거든. 저 안에 사고 났을 때 제일 먼저 달려간 사람. 구조대라고 들어봤 어? 요즘은 대부분 (노스체를 가리키며) 얘네 가 그 일을 하지만, 그땐 남을 위해 죽는 사람 이 있었어. 자진해서 그걸 하는 사람이 있었어. 지금도 없는 건 아니지만, 그땐 더 많았지. 뭐 그랬다고. 너네, 그런 애들이라고.

사이.

희	그럼 아줌마는 누구랑 결혼했는데요?
연	어?
희	현이 아빠, 누구예요? 쟤 어디서 태어났어요?

여기서? 밖에서?

연   ….

희   쟤 여기 두고 왜 아줌마 혼자 밖에서 지낸 거예
요? 아무것도 몰라서 쟤 답답하대요.

현, 희를 본다.

희   너 궁금했잖아. 알고 싶은 거 아니었어?

현   ….

연   ….

긴 사이.

다들 침묵하고 있을 때, 필은 술 한 잔을 따라 깊게 마신다.

필   좋 - 다.

이거 마시니까 옛날 생각 나네.

(마신 술잔을 가만히 보며) 제가 예전에 남극
에 간 적이 있거든요?

거기서는 이 빙하를 탁 깨서, 그 빙하 조각에
술을 부어 마시더라고요. 두꺼운 빙하 얼음을
잔에 딱 넣고 그 위에 위스키를 부으면 불꽃이
튀어요. 타타타탁. 빙하 속에 있던 오래된 공기
가 터지는 거래요. 뭐라더라. 지금까지 사람이

캐낸 것 중 제일 오래된 게 한- 42만 년 전 거
라나?

그걸 듣는데 기분이 이상하더라고요. 제가 수
십만 년 전 공기를 먹은 거잖아요. 꼭 그때에
살고 있는 기분이랄까. 거기 있는 느낌. 그때를
다 알 것 같은, 뭐 그런.

기분이 너무 묘해서 사진도 찍어놨어요.

그런데 찍고 나니까 모르겠더라고요.

그 빙하 안의 오래된 시간들은 보이지 않고,

차가운 얼음 조각, 그것만 보이더라고요.

허무하게.

그때 생각했죠.

사진에 모든 걸 담을 수는 없구나.

어쩌면 그럴 땐 찍지 말고 내버려두는 게 나을
수도 있겠구나.

현, 필을 본다.

연, 현을 본다.

필, 연을 본다.

희, 이들을 본다.

사이.

희   남극은 어디예요. 여기서 멀어요?

필	멀지.
희	얼마나요?
필	아주 많이.
희	그럼 어떻게 갈 수 있어요? 나도 가고 싶은데.
필	넌 못 가.
희	왜요?
필	거기 아무나 가는 데 아니야.
현	여기도 아무나 오는 데 아니에요.
필	….
희	그럼 아저씨랑 가면 되겠다. 그럼 되는 거 아닌 가? 아저씨, 언제 나가요? 여기 계속 있을 거 아니 잖아요. 여기서 살 거예요?
필	….
희	진짜 여기서 살 거예요? (연을 가리키며) 혹 시, 같이? …좋아해요?

당황하는 연과 필.
노스체, 두 사람을 빤히 본다.

노스체   두 분은 안 됩니다. 여긴 외부인이 살 수 없어요.

연, 어색한 듯 담배를 꺼내 피우기 시작한다.

잠시 후, 연의 담배 연기로 인해 희가 기침을 한다. 점차
심해진다.

현   괜찮아?

희   (기침을 심하게 한다)

현   야- 왜 그래.

연   (담배를 쥐고 가까이 가며) 너 왜 그러니?

연이 가까이 가자 희의 기침이 더 심해진다.

연   야, 너 어디 아파?

노스체   그거 끄세요.

연   어?

노스체   끄라고요.

연   뭘? 이거?

노스체   네.

현   끄라잖아요!

현, 연의 담배를 강제로 빼서 바닥에 버린다.

현   끄라잖아요! 여기 왔으면, 여기에 좀 맞춰요!

현, 희를 데리고 휙 나간다. 노스체가 덮어준 겉옷을 자리

에 놓고 간다.

연과 필, 그 자리에서 움직이지 못한다.

노스체, 현이 놓고 간 겉옷을 줍는다.

5

★

다음 날 저녁.

옥의 마당 앞에 모닥불을 피워놓고 모여 있는 사람들.

옥이 음식을 나르고, 노스체가 고기를 굽는다.

연은 모닥불 앞에 앉아 있고, 필은 모닥불 나무를 뒤적거
린다.

필   어제 마신 술이 다 빠지지도 않았는데, 또 이렇
           게 돼지를 잡으시는 거예요?

옥   오늘은 가족끼리 조촐하게.

필   조촐하게 멧돼지를 잡으셨어요.

옥   노스체가 오니까 좋긴 좋네. 이렇게 밖에서 고
           기도 구워 먹을 수 있고. 멧돼지를 어쩜 그렇게
           한번에 때려잡아, 때려잡기를?

노스체 눈과 눈 사이가 급소예요. 미간에 솜털이 있는
           데, 거길 한번에 치면 돼요. 적당한 세기를 잘

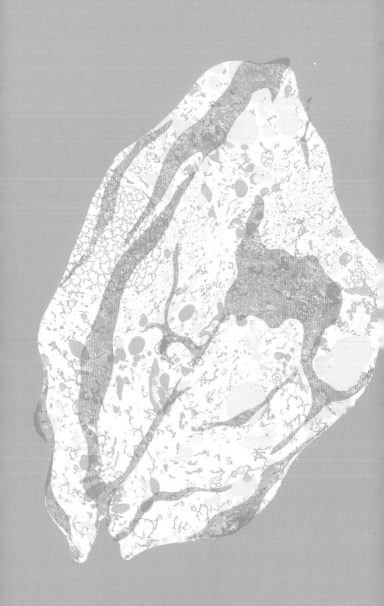

계산해서 내리치는 게 중요해요. 그래야 한번
에 가거든요.

옥   고기도 잘 굽네. 가만 보자- 다 됐나?

현, 나온다.

옥   희는 괜찮지?
현   모르겠어-
옥   약 먹고 하루 푹 재웠으니까, 금방 나을 거야.
        현아, (연 옆자리를 가리키며) 너는 저기 가서
        있어.

현, 연과 가장 멀리 있는 노스체 쪽으로 간다.
옥, 그 모습을 보고 연을 툭툭 찔러본다. 현에게 가보라
는 듯.
연, 움직이지 않는다.

옥   연아, 너 무화과 좋아하지. 현이도 엄청 좋아
        해. 너 기억해? 여기 다- 무화과 밭이었잖아.
        그 일 있고 한동안 코빼기도 안 보이더니, 얼마
        전부터 열매를 맺더라고. (비밀을 말하듯) 땅
        이 다시 숨을 쉰다는 거야. 예전만큼은 아니지
        만 꽤 통통해. 안 갖고 나왔나? 현아, 식탁 위

103

	에 무화과 썻어놓은 거 갖고 여기로 좀 와봐.
현	거기 있잖아.
옥	어, 그렇네…? 연아, 그러면 니가 저기 가서 고기 좀 구워.
연	나까지 무슨. 둘이나 있는데. (담배 피운다)
현	또 담배. 안에서는 다 죽어가는데.
옥	사람 아프다가도 괜찮고, 괜찮다가 아프고 그런 거지.
현	난 여기서 아프다가 괜찮은 사람 못 봤어.
옥	…(연에게) 좀 가봐.
연	싫다고.
옥	(연의 등을 한 대 때린다)
연	아!

옥, 연에게 표정으로 복잡한 말들을 쏟아놓는다.

연, 무시한다. 옥, 보다 못해.

옥	아휴, 이것들 진짜. 네 엄마가 딸이랑 손주가 이러고 있는 거 보면 참 좋아하겠다. 몸만 멀쩡했으면 너네 엄마 지금 여기 나와서 한바탕했을 거야. (노스체에게) 저기, 노 씨?
노스체	저요?
옥	집에 가서 희 좀 데리고 나와줘. 와서 먹어야

기운을 차리지.

노스체   네, 그럴게요. (들어간다)

옥, 연을 현 옆으로 밀어낸다. 마지못해 현 옆으로 간 연.
옆에 서서 고기를 굽는 듯하다가, 이내 옆에 놓인 의자에
앉는다.

연   야, 다 탄다. 거기도- 제때 제때 좀 뒤집어봐.
         어어- 야야. 아이참.
현   아이 씨, 진짜.

노스체, 희와 함께 나온다.

옥   나왔어? 좀 괜찮아?
현   (고기를 굽다 말고 희에게 가며) 괜찮아?
희   (아직 목이 안 좋은 듯 작게) 괜찮아. 한두 번
         도 아니고.
현   이렇게 심한 적은 없었잖아. (연을 노려본다)

연, 담배를 끈다. 현이 놓고 간 집게를 들고 고기를 굽는다.

현   말 좀 할 수 있겠어?
희 .   나 괜찮아.

현	(한숨)
옥	초상났어? 약 먹었잖아. 금방 괜찮아질 거야. (옆에 딱 붙어 앉아 희를 챙기는 현을 보며) 현아, 너 좀 떨어져. 환자를 환자로 대하면 중환자가 되는 거야. 그러지 말고, 들어가서 술 좀 가져와.
필	제가 가져올게요.
옥	아니야. 현이가 가져와.
필	제가 가져올게요.
옥	(현을 보며 못마땅하다는 표정) 그럼, 거실 구석에 있으니까 잘 떠서 갖고 와봐.
필	네- (들어간다)

희, 다시 기침을 계속 시작한다. 연, 좌불안석.

현	또 그러네. 한번 시작하면 잘 안 멈추는데. (연을 노려본다)
연	….
옥	(희의 등을 가볍게 치며) 뱉자, 뱉자- 완전히 뱉어야 다 낫지.
현	그렇게 앉아만 있을 거예요?
연	뭐?
현	안 보여요?

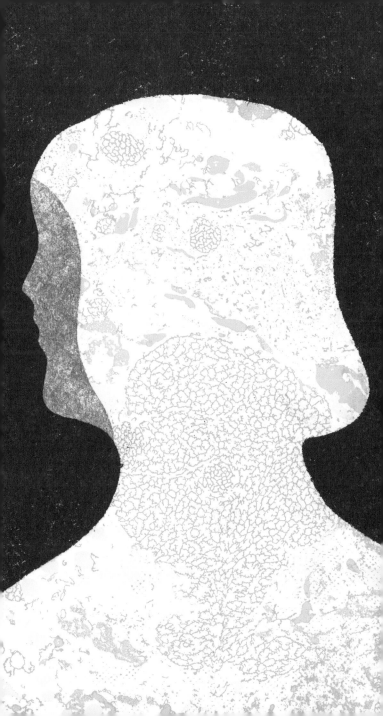

연	뭐가…?
현	애 이러는 거 안 보이냐고요.
연	보여….
현	그럼 사과하는 시능이라도 좀 해요!
연	아니, 나도/
필	(술을 갖고 나오며) 와, 이거 맛 진짜 끝내주는데요?
현	어제부터 계속 이러잖아요. 이렇게 만들어놨으면 무슨 말이라도 좀 해야 하는 거 아니에요?
옥	왜 아픈 걸로 남 탓을 해. 여기 누굴 아프게 할 수 있을 만큼 대단한 사람이 어딨다고. 그냥 아픈 거야. 너, 그러지 마.
필	계속 기침 나와? 봐봐- 내가 갖고 있는 약이 좀 있는데….
현	(필을 노려본다)
필	알았다, 알았어.
옥	자네는 와서 술 좀 나눠.
필	지금요?
옥	그럼 뭐, 다 죽고 나서 마실래? 잔 돌려.
필	네, 그래요. 한번 나눠봅시다. (필, 술을 따라 옥에게 주며) 자, 우리 대장님부터 한 잔 드시고. (현에게 두 잔을 주며) 자, 너랑 네 여자 친구 거. (연에게) 드실 거죠?

연	네, 뭐.
필	(연에게 술을 주며) 여긴 매일이 술이네요.
옥	이게 무슨 술이야. 물이지. 자, 다 와. 기도할 거야.
노스체	기도요?
옥	맛있는 음식 주셔서, 가족들 다 만나게 해주셔서 감사하다고, 그리고 우리 희, 다 나을 거니까 감사하다고, 기도할 거야. 눈 감아. 눈 감으라니까? (기도한다) 감사합니다. 오늘도 이렇게 음식을 주셔서 감사합니다. (희가 기침을 한다) 우리 노스체가 멧돼지를 잡아주고, 우리 연이가 이렇게 오랜만에 들어오고, 덕분에 우리 현이가 지 엄마를 만나고 (희의 기침이 계속 이어진다) 덕분에 우리 가족 다 함께 고기도 먹고 무화과도 먹고 술도 먹고, 또 다 같이 모여서 이렇게…. (기침이 계속된다)
현	괜찮은 거야?
희	(손으로 괜찮다는 표시)
옥	(기도를 마무리한다) 하여튼 감사합니다. 먹어, 먹어. 잘 먹어야 빨리 나아.
현	먹을 수 있겠어? 들어갈까? 좀 더 쉬면 좋아질 텐데.
희	나 진짜 괜찮다니까.

현	괜찮긴—
희	나 좀 내버려둬.
현	….

사이.

희	할머니, 나 할 말 있어.
옥	…응?
희	할머니.
옥	뭔데 그래?

사이.

희	나, 나갈래.
옥	뭐?
희	나갈래. 밖에. 아저씨랑.
필	(사레들린다)
희	어제 누워서 하루 종일 생각해봤어. 나, 나가고 싶어. (필에게) 아저씨, 저 좀 데리고 나가주세요.
필	어…?
옥	이, 이게… 무슨 말이야?
희	밖에서 여기 오는 건 안 되지만, 우리가 나가는

건 된댔어. 노스체가 그랬어.

현   (노스체를 보며) 뭐?

희   그리고 할머니 그랬잖아. 엄마가 아줌마처럼 여
          기서 나갔으면 지금쯤 살아 있을 거라고. 끈질
          기게 여기 남아서 그렇게 된 거라고. 그래서 나
          나간다고. (필에게) 아저씨, 같이 나가도 되죠?
          아저씨 아니면, 저 여기서 절대 못 나갈 거예/

현, 막걸리 잔을 바닥에 던진다.
사람들, 놀란다.

현   (노스체에게) 얘한테 무슨 얘기 한 거야?

노스체   (현을 본다)

현   (노스체에게) 나갈 거면 너나 나가. 우리 도와
          주러 온 거라며! 할머니, 안 된다고 해. 안 되
          잖아. 그렇잖아!

옥   (아무 말 하지 않는다)

현   안 된다고 하라고! 말하라고!

희   야, 이거 내가 선택한 거야. 나, 진짜 나가고 싶어.

현   저 밖이 어떤 덴 줄 알고!

희   저 밖이 어떻든, 여기보다 낫겠지.

현   너도 도망가게? 여기 다 버리고 도망간 사람들
          처럼, 너도 도망가게?

희	나, 도망가는 거 아니야. 여기 버리는 것도 아니야.
	그냥 나가는 거야.
	나, 이제 진짜 몰랐던 걸 알고 싶어. 여기가 싫다고!
현	그럼, 나는?
희	….
현	그럼, 나는!

사이.

| 희 | 그건, 나도 모르지. |

사이.

옥	밖에 나가고 싶다는 거지.
희	(옥을 본다)
옥	후회, 안 할 수 있어?
현	할머니!
희	어, 후회 안 해. 해도 내가 감당해. 아저씨, 저 같이 가도 되는 거죠?
현	(필에게) 갈 거면 혼자 가! 너 혼자 가라고! 사진이네 뭐네, 그런 말로 괜히 마음 들뜨게 하지

	말고, 여기저기 갈 수 있으면 혼자 가!
필	야, 나 아무것도 안 했어.
현	왜, 쟤가 이것저것 궁금해하고 같이 나가고 싶어 하니까, 뭐 대단한 거라도 되는 것 같아? 너, 어딜 가든 찍고 빠지면 그만이지? 여기 있는 거 (카메라를 가리키며) 그 안에 훔쳐서 갖고 나가면 볼일 다 본 거겠지!
희	이거, 내가 결정한 일이야.
현	저 사람, 아무것도 아니야! 아무것도 아니면서, 여기 아는 척, 좋은 척, 받아들이는 척하는 거라고! 맞잖아! (카메라 가리키며) 거기 숨어서 다 훔쳐보는 거잖아. 우리도, 여기도, 저 여자도!
필	야!
현	(연을 가리키며) 저 여자도! 뒤에 숨어서 구경하는 거잖아! 당신들이나 나가. 당장 다 나가라고!
필	야! 너 어리광 그만 부려. 그래, 너 어려. 너 아파. 너 여기서 자랐어. 근데 그게 뭐! 그것 때문에 필요 이상으로 너 배려하고 싶지 않아.
현	(카메라 가리키며) 괜히 자기 눈으로 똑바로 볼 자신 없으니까, 사진이네 뭐네 들이밀면서 있는 척, 아는 척- 거기 갇혀서. 거기 숨어서!

필   너야말로 지금 숨어 있는 거야. 왜, 쟤가 너 혼
         자 두고 나갈까 봐 그래?
         나가고 싶으면 나가! 무섭냐? 무서워? 다 무
         서워. 그래도 그렇게 사는 거야. 다 그렇게 만
         나는 거야! 니 엄마도 그랬을 거다. 지 엄마가
         어떤 마음인지도 모르는 놈이.

현, 벌떡 일어나 필에게 간다. 필을 칠 기세. 놀란 사람들.

연   지금 뭐 하는 거야!

연, 현 앞에 선다. 희, 필 앞에 선다.

현   너 왜 거기 있어.
희   그만해. 너 이상해.
현   너 왜 거기 있냐고.
희   그만하라고.
현   왜 거기 있냐고!
희   여기 있고 싶으니까!

사이.

현   (필에게) 만난다고? 그래. 한번 제대로 만나봐.

현, 컵 하나를 들고 마당에서 흙을 한 움큼 푼다.
흙이 담긴 컵에 보란 듯이 막걸리를 따른다.
막걸리가 담긴 컵을 필 앞에 탁 하고 놓는다.

현   자, 니가 말한 그 술이야. 뭐였더라? 남극이었
           나?

필, 현을 뚫어지게 본다.

           마셔. 아, 이게 뭐냐면, 방사능 술이라고 들어
           봤나? 이거 마시면 우릴 다 만나는 거야. 여기
           서 일어난 일들, 다 니 안에 들어가는 거라고.
           마시라니까? 왜 무서워? (사이) 너, 여기서 사
           는 게 어떤 건지 알아? (술잔을 들어 보이며)
           이런 거야. 좋든 싫든, 같이 사는 거. 좋든 싫
           든! 견뎌야 하는 거! 마시라니까? 숨지 말고
           나오라고!
연   그만해! 너 지금 뭐 하는 거야!
현   왜 왔어!? 왜 왔냐고!
           여기서 다 잘 살고 있는데, 도대체 왜 와서 다
           망가트리는데!?

사이.

연	그냥 왔어.
현	그냥?
연	그래. 그냥.
현	이렇게 해놓고, 그냥? 그래서, 여기 살게?
연	그래. 여기서 살 거야.
현	어디서?
연	우리 집에서, 내 집에서.
현	뭐? 내가 잘 안 들려서. 어디서 산다고?
연	우리 엄마 집에서! 네가 사는 곳에서 살 거라고!
현	아이 씨, 이럴 땐 그냥 안 들리는 게 나은데.
연	미안하다. 애매하게 들리는 것도, 안 들리는 것도 아니게 만들어서. 후유증이 그렇다더라.
현	이거 후유증 그런 거 아니야. 그냥 재수 없어서 이렇게 된 거야.
연	후유증이야. 너 여기서 태어났거든. 그 사고 일어났을 때, 여기서.
현	아니야.
연	맞아.
현	아니야.
연	다른 데는 괜찮니? 듣는 거 빼고 이상 없어? 다들 너 얼마 못 산다고 했는데. 미안. 나 좀 당황스러워서. 사실 너나 엄마나, 당연히 죽었을 거라고 생각했거든. 그런데 살아 있네.

아, 너 궁금한 거 많다고 했지. 물어봐. 말해줄
게. 뭐부터 말해줄까?

그래, 그 일 터졌을 때, 나 여기 있었어. 그때
너도 내 안에 있었어.

나, 니가 내 안에서 죽을 줄 알았어. 그런데 살
아서 나오더라?

하지만 어쩌겠니? 니 아빠는 저 안에서 죽었
고, 난 혼자 너 키울 자신 없고. 그래서/

현   하지 마.

연   그래서 너 버리고 나간 거야. 그래, 나 혼자 살
겠다고 나간 거야.

현   ….

연   왜, 원망스러워? 원망해. 그래도 어쩔 수 없었
어. 나도 살아야지.

사이.

현   그냥 죽지 그랬어.

현, 나간다. 나가는 길에 흙과 막걸리가 담긴 술잔을 단숨
에 비운다.
비운 잔을 바닥에 던져버린다.

6

★

모닥불이 조금씩 잦아들어가는 마당.

테이블에는 음식들이 그대로 놓여 있다.

노스체, 난장판이 된 마당을 보고 있다.

연, 집에서 나온다. 한곳에 앉는다. 담배를 피운다.

노스체   목 괜찮으세요?

연   (연기를 뿜는다)

노스체   수술 받으셨잖아요.

연   신경 꺼. 그 일 겪고 갑상선 안 건드린 사람 없
            어. 그래도 다 피워.

            (사이) 근데 오늘은 왜 안 울려?

노스체   (연을 본다)

연   뭐야. 니가 끈 거야?

노스체   (연을 본다)

연   눈치 챙기지 마라. 사람 같으니까.

사이.

연   넌 언제 죽어?

노스체   네?

연   이 꼴 저 꼴 보지 말고, 적당히 살면 죽어라.
우린 너무 오래 사는 것 같아.
사람이 진짜 오래 사는구나, 하고 처음 생각했
던 게, 우리 아빠 보면서.
이제 그만 죽었으면 좋겠는데 왜 안 죽지 싶더
라고.
나 어렸을 때, 아빠가 집 나갔었거든. 세계를
알고 싶다면서. 일종의 세계여행을 한 거지. 그
런데 여행하려면 돈 필요하잖아. 집에 있던 돈
을 다 갖고 나가서 10년 만에 돌아왔어. 아무
연락도 없다가.
우린 죽은 줄 알고 새 아빠도 들였는데.
와- 근데, 새로운 인생 살겠다고 나갈 때는 언
제고 완전 개털 돼서 온 거야. 웃긴 건, 너무
당당해. 당당해도 너무 당당해. 내가 봐도 이건
아빠가 아니라 완전 양아치야. 근데 엄마가 그
날 한 상을 차려주더라. 온 가족이 모여서 그걸
다 먹었지. 엄마, 아빠, 새 아빠 그리고 나. 다
들 조용하니까 새 아빠가 먼저 입을 열더라고.

'그래, 세계를 경험하니 좋으셨습니까?'

그랬더니 아무 말을 안 해.

그러다 '왜 지금 오셨습니까. 11년 만에 올 수도 있고, 13년 만에 올 수도 있는데, 왜 지금 오셨습니까?' 물으니까-

'이제 집에서 살고 싶어서' 그러는데, 와- 진짜. 한 대 치고 싶은데 어린 마음에 막상 치지는 못하고.

대신 아빠 먹는 국 안에 흙을 넣었어. 화분에 있던 거. 그리고 봤지. 언제 뱉어내나.

다 먹더라. 아예 사발로 마셨어. 기분 더럽더라고.

노스체 흙이 들어간지 모르셨나 봐요.

연 알았어. 봤거든. 내가 퍼 오는 거. 근데, 그냥 삼킨 거야. 그리고 울더라. 왜 울지 싶더라고. 재수 없게. 10년 만에 거지꼴로 나타난 주제에 왜 울어?

그런데 나도 눈물이 나는 거야. 엄마는 아빠랑 내가 우는 거 보고 어리둥절하면서, 이것들이 멀쩡한 고기 먹고 왜 지랄이냐, 나도 안 우는데, 왜 지들이 울어, 이런 눈빛으로 보더라고.

결국 너무 울어서, 아빠가 다 토했어. 그게 어찌나 웃기던지.

아빠가 토한 거 새 아빠가 다 치웠다.

사이.

현이 재도 지금 울고 있겠지. 그때 나처럼.
아빠도 어떻게 해야 할지 몰랐을 거야. 지금 나
처럼.
20년 만이야.
나, 재를 어떻게 대해야 할지 모르겠어.
20년 전으로 돌아갈 순 없잖아.
내가 어떻게 해야 해…?

사이.

노스체 그게 중요합니까?

연 뭐?

노스체 현과의 관계를 되돌리는 게, 중요합니까?

연 …무슨 말이야?

노스체 궁금해서요. 저희가 현장에 나가면 가장 많이
듣는 말이 있어요. '다시 돌려놔! 원래대로 돌
려놔!' 하지만 그건 불가능해요. 저희는 사고
전으로 상황을 되돌릴 수 없어요. 그저 일어난
일을 해결하는 거죠. 그런데 이렇게 말하면 사
람들이 저희를 때려요. 얼굴, 몸, 다리, 허리.
사실을 말했을 뿐인데.

연	(노스체를 본다)
노스체	오늘 아침 옥 할머니와 무화과를 따러 나갔습니다.
	그때 할머니가 이런 말을 했어요.
	'이곳이 전처럼 좋아지지 않아도 괜찮다.
	무화과가 열릴 수 있는 정도면 그걸로 됐다.'
	그런 말을 하는 사람은 처음 봤어요.
	보통은 다시 완벽해지고 싶어 하는데.

연, 노스체의 말을 생각한다.
그때, 희가 라디오 음악을 들으며 나온다.
스피커를 통해 잡음 섞인 음악이 흘러나온다.
눈이 마주친 두 사람. 연, 들어가려고 한다.

희	좀 들여다봐요.
연	….
희	많이 울어요.

연, 들어간다.
희, 노스체에게 말을 걸까 말까 망설인다.

노스체	나오셨네요.
희	응.

노스체	왜 그러세요.
희	뭐가.
노스체	할 말이 있으신 것 같은데요.
희	….
노스체	갈수록 사람들 표정이 더 많이 읽혀요.
	뭔가 망설이는 표정이네요.
희	넌 다 안다고 했지. 그럼 나, 뭐 하나 물어봐도
	돼?
노스체	노스체는 다 압니다. 무엇이든 물어보세요.
희	…호텔이, 뭐야?

노스체, 잠시 희를 보다가.

노스체	호텔. 검색하겠습니다. 숙소와 음식 등의 서비
	스를 제공하고 일정한 비용의 대가를 받는 서
	비스 업체를 말합니다.
희	그게 무슨 말이야?
노스체	관광객이 묵는 집이라고 생각하면 쉬워요.
희	관광객? 그럼….
노스체	왜 그러시죠?

희, 노스체를 본다.

희   그럼… 이제… 여기에도 사람들이 오는 거야?
        여기, 호텔이 생긴다던데. (라디오를 들어 보
        이며) 여기서 들었어.
        너, 혹시 그것 때문에 온 거야?

노스체, 희를 가만히 본다.

7

★

마을 회의.

사람들, 노스체를 둘러싼 채 서 있다.

옥   그래서 온 거야? 그래서 여기 온 거냐고! 말해

            봐. 여기 호텔 지으려고 온 거냐고.

노스체   전, 땅을 조사하러 왔습니다.

옥   여기 호텔이 들어선다잖아! 참 나, 여기 바깥

            사람들이 들락거린다고? 왜 아무 말을 안 해?

노스체, 뭔가를 찾는 듯. 하늘을 계속 바라본다.

'연결 오류, 연결 오류.'

옥   뭐라고 말을 좀 해보라고!

            그냥 땅을 검사하러 온 거라며.

노스체   맞습니다.

연　　　그럼 그 땅이라는 게 호텔 부지를 말하는 거였어?

노스체, 높은 곳을 향해 간다.

노스체　　연결이 필요합니다. 연결이 필요합니다. 여러분의 질문에 답하려면 연결이 필요합니다.

'연결 오류, 연결 오류.'
잠시 후, 다시 들리는 연결음.
'연결 완료, 연결 완료.'

노스체　　연결에 성공했습니다. 연결에 성공했습니다!
(사람들 앞에 서서) 짠! 서프라이즈- 축하합니다. 여러분의 마을이 원전 폭발지 관광지 조성을 위한 호텔 부지로 선정됐습니다. 많은 마을이 후보군에 올랐지만, 여러분의 땅이 가장 적합하다는 결론을 얻었습니다. 무려 150 대 1의 경쟁률을 뚫고 선정된 여러분! 축하합니다!

옥　　　이게 무슨 말이야….

연　　　뭐…?

사람들, 갑작스러운 노스체의 이야기에 어리둥절하기도,

본능적으로 두렵기도 하다.

노스체   개발이 이뤄지면 추후 발생하는 장점이 많습니다. 구역은 외부 사람들에게 늘 기피 대상이었습니다. 이곳이 개방되면 구역 사람들에 대한 외부 인식도 달라지고 혐오감도 줄어들 수 있습니다. 발생 수입 중 일부는 여러분에게 돌아갈 거고요.

저를 만든 사람들이 질문합니다.

(사람들을 빙 둘러보며) 여러분, 땅을 팔 의향, 있으신가요?

그렇다고 하시면 협상에 들어갈 수 있습니다. 개발 이후가 기대되는 곳이기 때문에 생각한 것 이상의 값을 제시할 겁니다. 밖에서는 한 분 한 분의 의사를 자세히 듣길 원합니다. (사이) 현?

현   …뭐?

노스체   현의 의견이 중요합니다.

현   …왜?

노스체   현의 할머니는 사실상 의사 결정 능력을 상실했습니다. 때문에 현이 의사 결정자가 됩니다. 땅을 팔 생각, 있으신가요?

연   야!

노스체   현의 지분이 꽤 많습니다. 어떤가요?

연	무슨 소리야, 절대 안 돼!
노스체	연은 권한이 없습니다. 현, 어떤가요?
연	(현에게) 야, 안 판다고 말해. 말하라니까?
노스체	(연의 얼굴을 빤히 보며) 화나셨나요? 화내지 마세요. 저는 땅을 정확히 파악해서 여러분에게 좋은 결과를 알려드릴 거예요. 불편을 드리려는 게 아니에요. 오히려 불편한 점 있으면 저한테 얘기하세요. 뭐든 도움이 되도록 하겠습니다.
연	…!
노스체	(옥에게) 할머니, 어떤가요? 현만큼은 아니지만/
연	그만해.

옥, 말없이 한곳에 가서 앉는다.

희	(옥에게) 할머니, 괜찮아?
옥	(체념하듯) 여기 우리 집인데, 여기 어떻게 다시 들어왔는데, 뭐 호텔?
노스체	네, 호텔! 짠! 서프라이즈! 축하합니다!

옥, 그런 노스체를 보며.

옥   여기, 지금 무슨 일이 일어나고 있는 거야? 여
        기가 어떤 땅인데. 우리가 여기를 어떻게 살려
        났는데…. 다 살려놓으니까, 이제 와서 호텔을
        짓겠다고, 누구 마음대로. 누구 마음대로!

노스체 여기 계신 분들이 땅을 모두 회복시켰다고 보
        기는 어렵습니다. 한번 훼손된 땅이 그렇게 쉽
        게 회복되는 것은 아니니까요.

연   그럼 여기에 왜 그걸 짓는데?

노스체 이곳 구역 중 '가장' 적합한 곳이니까요.

연   여기가 다 깨끗해진 것도 아닌데, 사람을 받겠
        다?

노스체 여길 궁금해하는 사람들이 많아지고 있습니다.
        호기심으로 이곳을 방문하는 사람들이 매년 증
        가하고 있습니다.

        (필에게) 필도 호기심에 오셨잖아요.

필   ….

노스체 이곳이 개발되면 추후 발생하는 장점이 많습니
        다. 구역은 외부 사람들에게 늘 기피 대상이었
        습니다. 이곳이 개방되면 구역 사람들에 대한
        외부 인식도 달라지고 혐오감도 줄어들 수 있
        습니다. 발생 수입 중 일부는 여러분에게 돌아
        갈 거고요.

연   이익? 개발? 누굴 바보로 아나. 그런 식으로

여기까지 가져가려는 거잖아! 왜 항상 우린데!
왜 항상 우리야!

필 (연의 팔을 잡으며) 진정하세요.

연 이거 봐요!

사이.

필 (조심스럽게) 저기… 다른 식으로 생각해보면
어때요…?
아니, 그러니까 제 말은… 아주 나쁜 제안이 아
닐 수 있어요.
계속 이렇게 고립돼서 사는 것보다 나을 수 있
지 않을까요?
어떤 면에서는요.

사람들, 필을 본다.

객관적으로 한번 생각해보는 것도 괜찮을 수
있다는 거예요. 물론 갑작스럽긴 하지만요. 오
히려 개발할 수 있을 만큼 안전한 곳이라는 걸
수 있잖아요. 만약 그렇다면 여러분이 그렇게
만든 거예요. 그게 대단한 거죠.

연 안전하지 않다잖아요! 그런데도 호텔을 짓겠다

잖아요! 이젠 여기도 돈이 되니까!

여기 사람들 다 알아요. 여기 안전하지 않은 거. 그래도 사는 거예요!

집이니까.

그런데 이제 우리 집에서조차 살 수 없어요?

필 ⋯장기적으로 봤을 때, 어쩌면 그게 여기서 더 잘 살 수 있는 방법일 수 있어요. 다른 사람들 이야기를 들으면서, 바깥 사람들 생각을 들으면서, 여기서 나가지 않아도 외부랑 연결돼서 살아갈 수 있다고요. 그런 기회가 온 거예요. 그렇게 생각할 수 있는 거잖아요.

연, 필을 경멸스럽게 바라본다.

필 왜 그렇게 쳐다봐요?

왜 그렇게 쳐다봐요.

언제까지 여기서 다 단절하고 살 건데요.

애들한테도 남은 인생이 있어요.

연 쟤네한테 남은 인생 없어요. 적어도 밖에서는, 그거 없어요. 그래서 내가 다시 온 거잖아. 혹시 여기엔 그게 있나 싶어서. 그런데 뭐라고요?

필 시대는 바뀌어요. 이미 많이 바뀌었어요. 알잖아요, 여기 얼마나 멈춰 있는지. 여기서 구경만

할 거 아니라면, 여기서 살 거라면, 변화를 받
아들여야죠.

연   그 변화, 우린 지금까지 평생 감당했어요.
그게 어떤 건지 당신이 알기나 해…?
여기, 아무것도 모르면서 아는 척하지 마요.

필, 연을 본다.
사람들, 체념하고 고민하고 한숨 짓는다.

옥   25년 전 그 일? 다 지난 일 같지? 아니야. 그
거 지났다고 사람들 여기 들어오는데 실은 그
거 아니라고. 여전히 여기 있어. 여기 우리만
사는 거 아니야. 멧돼지도 살아. 늑대도 살아.
공기도 살고, 바람도 살아. 눈에 보이는 거, 보
이지 않는 거, 다 같이 살아. 우린 알아. 그거
다 인정하고 이 마을에 있는 거야. 만약 여기
누군가 새로 올 거라면, 이 땅이랑 같이 살 수
있는 사람이 와야 해. 서로 달래면서 살 사람이
와야 한다고. 그런데 그런 사람은 이런 식으로
오지 않아. 그래서 안 된다는 거야. 서로 인정
하지 않으면, 결국 일이 터지거든.

사이.

현	난 아닌데.
옥	뭐?
현	여기, 난 인정한 적 없는데. 그럼 나도 여기서 살면 안 되겠네.
옥	무슨 말이야?
현	일 안 해도 된대잖아. 우리한테 좋은 거라잖아.
옥	무슨 생각 하는 거야.
현	할머니, 우리 다 팔고 나가자. 여기, 지겹지 않아? 아무것도 없는 여기 말고, 우리 밖으로 가자.
옥	현아-
현	얼마 받을 수 있어? 밖에서 얼마간 지낼 정도는 돼?
노스체	충분합니다.
연	야, 너, 지금-
현	난 여기 무슨 일이 있었는지 본 적 없어. 듣기만 했어. 본 적 없으니까 난 모르는 일이야. 맞잖아. (사이) 나, 나가고 싶어. (사이) 나, 팔래.
연	뭐?
현	팔게. (희에게) 나가자. 너, 나가고 싶어 했잖아. 내가 나가게 해줄게.
희	야….
현	나가고 싶다며. 내가 해줄 수 있다고.

연	(코웃음 치며) 진짜, 뭘 몰라도 한참 모르네.
현	뭐가?
연	지금 둘이 나가서, 뭐 같이 살기라도 하겠다는 거야? 야, 정신 차려. 이 안에 있을 때는 우리 다 평범하지만, 밖에 나가면 다 특별해. 너무 특별해서 기피 대상 1순위라고. 근데 뭐? 여길 팔고 나가겠다고?
현	(노스체에게) 다 가져가. (희에게) 가자.
희	(망설인다)
연	너, 어디로든 피해봤자 내 아들이야. 여기 출신 이라고.

너, 어디로든 피해봤자 내 아들이야. 여기 출신 이라고.

밖에 나가면 너 같은 애들 뭐라고 하는지 알 아? 발암 물질 2세대.

그게 무슨 말인지 알아? 물려받았다는 거야. 유전됐다고.

나 1세대, 너 2세대.

앞에서는 잘해주는 것 같지? 뒤에서는 다 수군 거려.

그래, 뭐 둘이 애라도 낳았다고 치자. 그게 누 군지 알아?

(현과 희를 가리키며) 너네. 더도 덜도 말고 딱 너네.

내가 겪어봐서 알잖아. 여기 피해서 나가봤자

달라질 거 없어.

도망쳐봤자 거기서 거기야.

현   나. 피하는 거 아니야. 내가 선택해서 나가는 거야. 도대체 저 밖에 뭐가 있길래 밖에서 온 사람마다 이렇게 큰소리치는지, 그거 한번 보려고 나가는 거야.

나도 한번은 나가봐야지.

연   그래! 가봐. 근데, 여기 다 죽은 땅보다 더 지독한 게 있다는 걸 알게 될 거야.

현   그래. 갈게. (희에게) 나가자.

희   (망설인다)

현   (희의 손을 잡으며) 나가자니까.

희, 대답이 없다.

현에게서 가만히 손을 뺀다.

사이.

현, 나간다.

옥   (희에게) 가. 무서워하지 말고 현이랑 나가.

사이.

희   (연에게) 아줌마가 뭔데, 여기를 다 죽었다고 해요.

아줌마가 뭔데, 여기를 다 아는 척해요?

아줌마 뭔데! 우릴 다 안다고 해요!

희, 나간다.

연   …다 끝났어. 여기도 이제 다 끝났어. 다 없어
         질 거야.

옥   끝나긴 뭐가 끝나. 갈 사람은 가고, 남을 사람
         은 남는 거지.

         여기 남는 거, 우리 선택이었어. 이젠 재네도
         선택을 해야지.

         우리가 해줄 수 있는 거, 그것밖에 없어.

         너도 나가.

연   난 안 나가. 여기서 살 거야.

필, 연을 본다.

연   다 인정하고 여기 있을 거야. 그게 내 방식이야.

         아닌 척, 모르는 척, 없던 일인 척, 그렇게 하지
         않을 거야.

         (필을 보며) 당신도 당신 방식대로 만나요.

         아무도 뭐라고 하지 않아요.

이런 거, 익숙하거든요.

필, 나간다. 노스체, 이들을 본다.

8

★

수개월 후, 초겨울.

햇살이 화창한 아침. 담 한쪽이 무너져 있다.

옥, 담 한쪽에 처마를 설치했다.

노스체, 무너진 담을 세우고 있다.

연, 목장갑을 낀 손으로 나온다. 손을 탁탁 턴다. 생기 있
는 모습.

연　　　또 무너졌어?

옥　　　그렇게 오지 말라고 담을 세워도, 그렇게 계속
　　　　　들이대네.
　　　　　(노스체에게) 이제 올릴 필요 없어. 그냥 둬.

노스체, 계속 담을 올린다. 담을 올리는 모습이 처음과 달
리 부자연스럽다.

연	(처마를 보며) 더 길게 뺐네? 뭘 이런 것까지?
옥	(노스체를 보며) 다른 건 몰라도, 아픈 건 그냥 안 돼. 그게 사람이든 짐승이든. 뭐, 다른 거라도.
연	어련하겠어.
옥	(연이 들고 있는 사진을 보며) 그런데 그건 뭐야?
연	아- 아빠 여권. 엄마 유품 정리하는데 나오더라고.
옥	(다른 사진을 들여다보며) 이건 또 언제 찍었대? 그 사람이 보내준 거야?
연	(고개를 끄덕인다)
옥	너랑 니 엄마, 둘 다 잘 나왔다. 좋네. 남는 건 사진이야.
연	(사진을 본다)
옥	(계속 담을 올리는 노스체를 보며) 이제 올릴 필요 없다니까?
노스체	(담 올리는 행동을 멈추며) 그럼, 전 이제 뭘 하면 되죠?
옥	여기 계속 있을 거야?
노스체	노스체는 여기 있습니다.
옥	혼자?
노스체	혼자?

옥	사람 도우러 왔다며. 사람도 없는데 여기서 뭐 하게. 이제 몸도 예전 같지 않은 것 같은데. 괜찮으면 우리랑 같이 가도 되고.
노스체	(연과 옥을 보다가) 가시나요?
옥	응, 간다. 같이 가든가.
노스체	노스체는 여기 있습니다.
옥	정말 혼자 괜찮겠어?
노스체	저를 만든 사람들이 여기로 보냈습니다.
옥	… 그럼 그 사람들한테 다시 데려가달라고 해.
노스체	노스체는 여기 있습니다.
옥	(처마를 가리키며) 그럼 앞으로는 저기 처마 밑에 있어, 비 오면. 무슨 말인지 알지?

노스체, 옥이 만든 처마를 본다.

연	(옥에게) 그만 가자.

희가 헐레벌떡 뛰어온다.

희	나도 같이 가야지!
연	빨리 빨리 못 다녀?
희	라디오가 없어졌어.
연	그냥 가.

희	아빠 건데.
연	그러게, 잘 두라니까. 맨날 휙휙 집어 던질 때 이렇게 될 줄 알았다.
노스체	어디로 가세요?
연	안으로 조금 더 가면 마을 있어.
희	거기, 아는 사람들 있거든.
노스체	거주지를 옮길 필요는 없을 텐데요.
연	(피식 웃으며) 싫어. 구경거리 되는 거 싫어.
노스체	다들 떠나시네요.
옥	우리, 떠나는 거 아니야.
	떠난다, 떠나지 않는다, 우리한테 선택권이 그 거밖에 없어?
	우리, 그저 살고 싶은 데로 가는 거야. …간다!
노스체	할머니, 잠시만요.
옥/연	?

노스체, 옥에게 겉옷을 덮어준다.

노스체	날씨가 더 추워질 거예요. 가다가 멧돼지 나오 면 꼭 돌아오세요.
	혼자 이겨보겠다고 용쓰지 말고.
옥	똑똑하네. 그래. 간다.

연과 희, 따라 나간다.

옥, 나가려다가 마당과 집, 그리고 이 마을을 크게 한번 보고.

옥　　　　간다…!

사람들, 떠난다.

노스체, 그들의 뒷모습을 본다.

사람들의 모습이 보이지 않자 마당을 한바퀴 돈다.

옥의 의자에 앉아본다. 의자 옆에는 희가 놓고 간 라디오가
있다.

라디오를 켠다. 잡음과 함께 음악 및 광고가 흘러나온다.

'재난이 발생했다고요? 재난이 있는 곳에 노스체가 갑니다!

사람이 다쳤다고요? 사람이 있는 곳에 노스체가 갑니다!

여러분의 아픔, 노스체가 압니다.

여러분의 고통, 노스체가 압니다.'

노스체　　'재난이 발생했다고요? 재난이 있는 곳에 노스
체가 갑니다!

사람이 다쳤다고요? 사람이 있는 곳에 노스체
가 갑니다!

여러분의 아픔, 노스체가 압니다.

여러분의 고통, 노스체가 압니다.'

(서서히 행동이 느려지는 노스체)

재난이 있는 곳, 에, 노, 노, 노, 노스체, 가, 갑니, 다!

사람, 있, 는 고, 곳에, 노스체, 갑　다!

맑은 하늘. 노스체, 하늘을 보며.

대기가 불안정합니다. 대기가 불안정합니다. 곧 비가 옵니다. 맑은 하늘에 곧 비, 비가 옵니다. 이곳 비에는 바, 방사능 물질이 서, 섞여 있습니다. 노스체 기, 기능에 여, 영향을 줍니다. 영향을 줍니다.

오늘은, 어, 어 디, 나가지 마, 마, 말고 여기에만 계, 세요.

노스체, 마당을 돌아다니며.

안녕, 하세요. 아, 아, 녕 하, 요.

처마로 가려는 노스체. 가는 길에 서서히 멈춘다.

전, 이제 뭐, 뭘 하면 되죠?

저, 저, 전, 이제 뭐,　면, 죠?

뭐, 하면,   죠?

통신이 끊긴 연결음.

노스체, 사람이 없는 곳에서 자신이 무엇을 해야 하는지 알
수 없다.

순간 자신이 무용해졌다고 생각한다.

막.

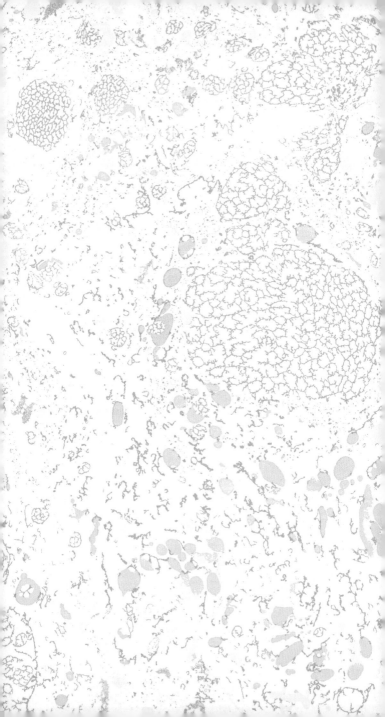

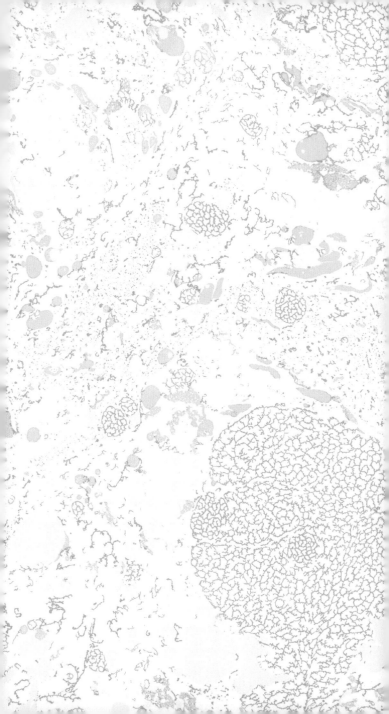

노스체

1판 1쇄 찍음 2023년 1월 20일
1판 1쇄 펴냄 2023년 1월 31일

지은이 황정은
그린이 김유
펴낸이 안지미

펴낸곳 (주)알마
출판등록 2006년 6월 22일 제2013-000266호
주소 04056 서울시 마포구 신촌로4길 5-13, 3층
전화 02.324.3800 판매 02.324.7863 편집
전송 02.324.1144

전자우편 alma@almabook.com / alma@almabook.by-works.com
페이스북 /almabooks
트위터 @alma_books
인스타그램 @alma_books

ISBN 979-11-5992-375-3 04800
ISBN 979-11-5992-244-2 (세트)

이 책은 서울특별시, 서울문화재단 '2021년 첫 책 발간 지원사업'의 지원을 받아
발간되었습니다.
이 책의 내용을 이용하려면 반드시 저작권자와 알마 출판사의 동의를 받아야 합니다.
알마는 아이쿱생협과 더불어 협동조합의 가치를 실천하는 출판사입니다.